時代の証人 新美南吉《にいみなんきち》

かつおきんや

まえがきに代えて

新美南吉の作品で最初に一冊の本として世に登場したのは、学習社から昭和一六（一九四一）年一〇月一日に刊行された、『良寛物語　手毬と鉢の子』だった。

彼がこの本の原稿を同社宛に送ったのは、知友歌見誠一宛の葉書によると三月一四日か一五日らしい。南吉にとっては一度に三百枚近い原稿を書いたこと自体初めてだったが、発送数日後からの一連の出来事も凡《すべ》て初体験だった。

まず同社から届けられた三月二〇日付出版契約書への署名。それと共に届いた、初版一万部に貼布する同社製印紙一万枚に「にいみ」の検印を捺《お》すという、腕や指が痛み溜息を連発する単純作業。更に刊行に先立って送られて来た印税六百五十円と、その金額に驚く父親。そして九月半ばに家に届けられた新刊自著十冊との初対面。

九月二四日の日記にはこう記されている。

十日程前「良寛さん」が出来て来た。
学校から帰ると神棚にのせてあった。
その晩はお祝いの意味でか何となく御馳走が多かった。
僕はあまりしゃべらなかった。

と書いた後、食後はかまどに現われたネズミを父が探し回った記事で終っている。この日以前の日記は九月一五日で、それにはこの本のことは全く触れてない。この引用文のそっけなさから見ても、恐らく彼らしく敢えて書くことを自ら封印していたのではないだろうか。

届いた本を見て彼がまず注目したのは、巻末の「学習社文庫」新刊六冊と続刊予告十五冊の執筆者陣だったろう。そこには東北帝国大学をはじめとする国立私立の有名大学の教授や、文学博士、理学博士等の名がずらりと並んでいた。その中に肩書無しだったのは児童文学者として著名な塚原健二郎の外《ほか》、南吉のみで、しかも新刊六冊のトップに掲載されていたのは、この無名の新人である自分の作だった。

これを目にした時の彼の驚き、戸惑い、面映ゆさ、やがて滲み出て来た誇らしさ。到着後一週間以上も日記に何も書かなかったのは、このような感情の渦の中にあったせいではないだろうか。時間がそれを静めてくれるまで、更に暫《しばら》くかかっただろう。

一一月二五日再版一万部の印税がやはり小切手で届き、父が「正八はえらいもんになりやがった。年に千三百円も儲けやがった」と言っていたと母から聞いた（一二月三日付日記）頃には、彼の関心は、これからやろうとする次なる仕事に向かっていた。

彼が書いたこの『良寛物語』は、塚原健二郎の『黒船時代―佐久間象山の生涯』などと違って、伝記ではなかった。何よりも、良寛の少年時代に関しては全く資料がなかったから、南吉自身「この本のはじめ」で、「良寛さんの子供時代は多分こんな風だったろう、こんなことがあったろうと想像して」書いたと明言している。但し、その時々の辺りの様子や人とのやりとりなどはできるだけリアルに一話一話をまとめていった。したがって、良寛が出家してからの旅の間の人との出会いや、越後へ戻ってからの日々を描く時も、この姿勢は一貫していた。こうして書き上げたのがこの良寛を主人公とした物語だった。

その結果、更に読み返しもしただろう彼がここから得た最大の収穫は、ジャンルを問わず、自分が主人公にしたいと思う人物について、読者が現実感を以《もっ》て読み取れるように描き切ればよい、それしかないという自信、あるいは自覚だった。

では、どんな人物をとり上げればよいか。

まず第一は、家庭や周囲の状況によって子どもというものはいろんな側面を見せるから、その凡てを肯定して描いていこう。

大人では、良寛が目指したようにひたすら世のため人のために尽そうと志し、その実現に励む人。西国への旅の途中で会った牛飼いのように、自らの仕事に生き甲斐を感じて毎日を過ごしている人、越後で良寛さんが会ったあの船頭のように、自分に忠実に生きながらも過ちを改めるにやぶさかでない人、そして最後に良寛さんが求めたように、身近な人々と互いに支え合って生きる人。

こんな人たちを、自分が今暮らしている知多のここで生きて来たいろんな職業や年齢の人の中から見出していこう。

昭和一五年一一月二四日の「見聞録」に彼はパッとひらめいた言葉を書き止めた。

僕の文学は田舎の道を分野とする。

こう記した約十日後に書き始めた『良寛物語』は、明らかにこの言葉が根底にあり、この一冊を書いたことによって、南吉はその後の自らの作品の方向性をはっきり自覚できたと言ってよいだろう。

時代の証人　新美南吉

もくじ

第一章 「うた時計」

時々の音を奏でたオルゴール時計

この「うた時計」という作品は、題名にもなっている通り、オルゴールを内蔵している少し変わった時計が、いろんな意味で重要な役割を果している。それで、まずオルゴール時計というものがいつ頃からわが国で作られるようになったかを、ざっと確かめておこう。

そもそも江戸時代という長い幕藩体制が幕を閉じ、明治の世になって盛んに叫ばれたスローガンの一つが、文明開化だった。その変化の一つに時制も入っており、かつての時制の基本は日の出、日の入りだったため、同じ一刻でもその長さが夏と冬ではかなり違っていたのを改め、一日を二十四時間に等分して午前と午後に分け、それに応じて、時刻以下の単位は六十等分するという現在の制度になったのが、明治五年だった。

その時制移行に対応するため、公共機関や学校等では財政に応じてアメリカやドイツなどから輸入した時計を、徐々にではあるが設置するようになったから、殖産興業のスローガンの下、国産の洋風時計作りも明治一〇年代には開始された。

それが本格的に増加したのは二〇年代からで、東京の精工舎や名古屋の時盛舎や水野時計はじめ、全国各地で二十数社が、掛時計を中心に、より精巧な時計作りに競い合った。

その中で、ポケットに収めることができて歩行中でもどこででも時刻を確かめることができる懐中時計が、陸海軍の将校にとって作戦遂行上無くてならないものと分かり、明治二七、八年の日清戦争以降、全国的に一気に利用者が増

明治 44 年当時の精工舎工場全景（同年刊「日本時計商工誌」より）

懐中時計「エキセレント」。明治 32 年製造開始（第 2 精工舎蔵））

えていった。

中でも時計商を営んでいた服部金太郎が、入念に準備した上で明治二五年に創業した精工舎が、その四年後に製造を始め、やがて「エキセレント」と名付けた二重蓋の懐中時計は、凡ゆる面で最高級品として認められ、いわゆる「恩賜の時計」にも指定されて用いられた。その影響だろう、それ以来特に学問上の表彰の副賞として高級懐中時計を贈る現象が、今日まで続くことになる。

そして、懐中時計と併行する形でデザインにさまざまな工夫を凝らした掛時計や置時計の生産も進み、同三三年には目覚時計の大量生産が開始されて全国の家庭で愛用されるようになり、枕時計と呼ぶにふさわしいシックな作りの物も店頭に並んでいった。

そこで本題になるが、まず一七世紀にヨーロッパで生まれて各層の人々に広く親しまれて来たオルゴールそのものが、自鳴琴の名でわが国に紹介されたのは幕末の頃で、比較的小型のそれを掛時計や置時計に仕込んだオルゴール時計が、その産地として特に知られるスイスから輸入されて来たのは、やはり明治二〇年代からだった。

オルゴール付目覚時計
(精工舎製)

だが、三〇年代に入って置時計が普及し始めると、ほとんど同時に国産のオルゴール入りの時計も登場し、精工舎が本格的にオルゴール時計の生産に取りかかったのは、日露戦争が始まる二年前の明治三五年だった。

本編の主人公廉少年が薬屋の小父さんの所でそれをよく見、何度もせがんで聞かせてもらっていたオルゴール時計は、恐らく精工舎がこの頃製造販売した置時計だったにちがいない。しかも、小父さんが買ってきた三十数年後、それを見た周作がひょいっと持っていきたくなるような、凝った作りのものだったのだろう。

それにしても、南吉がこの作品のキーとして取り入れたオルゴール時計という設定が、わが国の時計作りの歩みとこれ程ピッタリ符合しているということは、南吉の親しくしていた誰かが実際にこんな時計を持っていたせいではないか、そういう気がしてならない。

ともかくこうして明治三〇年代以降、オルゴール時計は少なからぬ人に親しまれてきたわけだが、ここで実際にその音色を日夜聞いていたと思われる人に登場してもらおう。

その一人は石川啄木で、第一歌集である『一握の砂』（明治四三年）にこんな歌がある。

朝な夕な
支那の俗歌をうたひ出づる
まくら時計を愛でしかなしみ

こういうオルゴール入りの枕時計が彼の身近にあったわけで、このメロディの「支那の俗歌」については後に改めて検討するが、この歌の前と後に少し離れてだが次のような歌も載せられている。

まれにある
この平なる心には
時計の鳴るもおもしろく聴く

見てをれば時計とまれり
吸はるごと
心はまたもさびしさに行く

この二首にはこの時計がどんな種類か何も書かれていないが、その頃朝夕聞いていたものならば、同じ枕時計のことだったのではないだろうか。

続いて、放浪の画家として知られる竹久夢二に『歌時計』（春陽堂、大正八年）と題する童謡集があるが、彼はこのタイトルに「うたいどけい」というルビをつけている。その標題作はこうである。

歌時計

ちんからこん　ちんからこん
ちさい枕のかたはらで
歌時計のなりいづる。
ちんからこん　ちんからこん
きのふのやうになりいづる。
ちんからこん　ちんからこん
きのふのやうになりいづる。
きのふのやうになったとて
そなたのマゝはいったもの
しんであの世へいったもの。
ちんからこん　ちんからこん。

この本は夢二の次男不二彦の八歳の誕生日に合わせて五月一日に出版されたもので、「ちこへ」という呼びかけで始まる序文には「この歌の本をお前への贈物にする」と記されている。実は不二彦の母親はこの子が五歳の時に家を出て以来行方不明になっており、夢二は、周囲の者が感心したり、あきれたりする程この子をずっと可愛がっていた。

竹久夢二『歌時計』より

その思いをこめて、あの世へ逝ったお前の母が、ちんからこんと鳴るこの時計の歌と共に見守ってくれているから、お前は元気に育つんだぞと希《ねが》う、夢二の心からの子守唄だった。

そこで、昭和初期のオルゴール時計保有者を探してみたら、思いがけない資料から何人も知ることができた。それは、当時小学校高学年の児童に圧倒的な人気があった大日本雄弁会講談社（現・講談社）発行の月刊誌「少年倶楽部」の懸賞の賞品として用いられていたのである。

例えば、昭和八年新年号の懸賞では、六等の賞品がオルゴール柱時計になっており、三月号には、正解者多数のため抽選によって決めたとして、長野県の井上隆吉君はじめ、新潟、静岡、長崎、山口各県の計五名にこれが贈られると発表されていた。ちなみにこの懸賞の一等は自転車一名、二等蓄音機と三等オルガンは各二名、四等電気機関車と五等模範謄写機は各三名となっていた。なお、ここまでの当選者の中に愛知県の児童は誰もいなかったが、この順位から、この時点における国産柱時計の値段を類推することができよう。

次いで同じ年の九月号の懸賞では、一等賞品が机と椅子と本箱の三点セットを五名に、三等が解剖器具付き顕微鏡を十五名に贈ることになっており、二等が七名に軍楽置時計となっていた。しかも、十等までの全商品の写真が紙面を飾っていて、この二等賞品は堂々としたものだったから、これを欲しいと思った解答応募者も多かったのではないだろうか。この結果は予告通り一一月号に発表され、神奈川県の川島八郎君を筆頭に七名の氏名が挙げられていたが、一等、二等共に愛知県からの当選者は無しだった。

これらの事例を参考にして判断すると、日露戦争から三十年近く経った昭和初期には、普通の子ども向け玩具などと比べれば格段高価であるにはちがいないものの、オルゴール時計そのものがかなりポピュラーな家具の一つになりつつあったと言えるのではないだろうか。

したがって、更に十年近く経った昭和一七年二月号「少国民の友」で本編を読んだ小学生読者も、ほとんど何の違和感もなく自然に作品世界に入ることができたにちがいないだろう。

そこでもう一点、本編で周作のオーバーにすっぽり納まっていたオルゴール時計は、具体的にどれ程の大きさのものだったのだろうか。

武笠幸雄『時計とらんぷの小宇宙へ』（北辰堂、二〇〇一年）には、正に超一級の芸術品と言うにふさわしい欧米並びに日本製の時計とランプの同氏のコレクションが、実に鮮やかなカラー写真で収められている。

その全体の三分の二を越す時計の部では、古武士の風格さながらの和時計は別格として、収録されている掛時計・柱時計が合計二一六個、オルゴール時計を含めた置時計・枕時計・目覚まし時計が計五五個あり、その凡てに大まかな製造時期と会社名、高さを付記した上に、個別の特徴が極めて適確に解説されている。

その置時計の高さを見ていくと、三〇センチや四〇センチに達するものまで、全体に大きなものが目をひく中に、フランスで一九世紀に作られたものには、一四センチ乃至《ないし》一六センチのサイズのものが数個含まれていた。

　ということから考えれば、国産でもこのサイズの置時計、枕時計が作られた可能性はあり、しかも欧米に比べれば部屋がかなり小さい上に小物好きな日本では、その可能性もずっと大きいだろう。そして、こんな葉書大の時計ならオーバーのポケットに忍ばせることは充分できた筈である。


　そこで南吉の本編執筆状況を見ると、小学館発行の小学四、五、六年生向けの月刊雑誌「少国民の友」昭和一七年二月号に、既に著名な児童文学作家である土屋由岐雄、壺井栄、豊島与志雄の作品と並んで掲載されており、前年の一一月上旬か中旬頃に同社編集部から執筆依頼があったものと思われる。

　南吉にしてみれば、児童図書の出版社としてよく知られた小学館からの依頼とあって、喜んでそれに応じることにし、どんな作品にしようかと考えた時、彼の頭に浮かんで来たプランが三つあったらしい。一六年一一月二二日の日記に、彼は「テーマ」という見出しで物語の素案を三つ続けて書いている。

　その一番目は、村の子どもたちが七、八人集まって、何か突拍子もない大冒険をやろうということになり、まるで吉良上野介邸を目指す四十七士ででもあるかのように、胸を張って村の中を進んで行くのだが、実際には危ないこともハラハラすることも何もなく、結局は、いつも村同士で喧嘩をし合う相手方の太鼓を一回ドーンと叩いて逃げて来ただけだったというプラン。

その二番目は、偶然莫大な金を貰った貧しい男が、余りの嬉しさにその金の使い道も考えずに毎日眺めて喜んでいたが、その金は間違って彼に渡されたことが分かり、取り返された男は元の貧乏暮らしに戻る。しかし、男は、人生は舞台のようなもので、人は皆俳優のようにそれぞれ役割を与えられて生きているだけなのだと割り切って、自分の現在の境遇に満足するというプランだった。

だが、この二例をメモしたところで、彼は、一番目はたしかに子どもらしい他愛ない行動を捉えてはいるものの、単なるスケッチのようなもので物語らしさに欠けていると気付き、後者は読者が大人ならよいかも知れないが、子ども向けの話としたらそっぽを向かれるのではないかと考えたらしい。

それで、三番目はもう少しドラマチックな具体的なプランを書いてみようと考えたらしく、前二者とすっかり趣を変えてポイント毎にしっかりした案になっているから、少しずつ区切って確かめていくことにしたい。

見知らない大人とでもすぐ友達になる少年がある。彼は友達になると相手の手にとまったり、寒いときには相手のポケットに手をつっこんだりする癖がある。

ここに書かれている「相手の手にとまる」というのは、子どもたちが例えばかくれんぼなどをしたい時、「かくれんぼする者この指とーまれ」などと呼びかけるのと同じく、つかまるという意味で、相手が大人だからふっとこういう表現が出て来たのかも知れない。

ひょっとしたら、丁度十年前、中学校を卒業した直後の四月から八月まで母校である半田第二尋常小学校（現・岩滑《やなべ》小学校・愛知県半田市）で南吉が代用教員をした時、このような癖の子が一人か二人いたのかも知れない。

或る日、一人の洋服を着た外交風の男と村から一緒になって歩いて行く。やがて少年はその大人と近づいて、いつものように大人のポケットに手を入れる。その大人は盗人で、少年の村の或る家から時計（か何か）を盗んで来ている。

と、いきなり具体的にプロットらしくなる。

この段階ではあくまでプランだからこれでよいのだが、本番の段階で考えねばならないのは、この人なつっこい少年がどのようにしてこの男に「近づいて」いくかだ。しかもこの一見外交員風なこの男は、少年の村のある家から時計（か何か）を盗んで、目下その現場から逃走中の窃盗犯なのだ。

少年の方から近づいていくとしたら、どんな風に話すのか、男の方からの場合だったら何と言って切り出すか、双方の立場になって考えた上で、より自然な会話のスタートにする必要があろう。それも少年に警戒心等を全く抱かせないように。

そう考えると、話しかけるのはやはり男からの方がよさそうだし、それも最も無難な質問、どこへ行くかと訊《き》くしかない。そして、その答がどうであろうとその次にすかさず男が訊くのはこの子の名前だ。では、その子の名前をどう付けようかと作者は頭をひねる。親の名から一字取ったものにするか、平凡だが生まれ年にちなんだものにしてもよいし、何か訳ありの名にするという手もある。

ともかくそういう具合に始まった会話で二人は互いに親しみが湧き、その子が男のポケットに手を突っ込んだことから、物語は大きく変わることになるだろう。

続いてそのポケットにあった盗品を何にするか、手ごろな大きさである程度値の張る物、そう思って取りあえず時計にしたのだが、これはもう少し検討することにして、時計という仮定でストーリーを進めよう。

それを少年がひっぱり出す。少年はそれに見覚えがある。何故なら少年はその家へよく遊びに行き、子供好きのそこの叔父さんからその時計をよく見せてもらったから。しかし、少年はこの人が盗人でこれをとって来たとは思えないので、これはこの人のものであると信じている。

この部分では、一行目、少年がそのポケットの中の物をいきなり引っ張り出してしまうか、一考を要しよう。

ここまでもそうだったが、男としては少しでも早く村から遠ざかりたいから、少年のペースには一応合わせながらも会話は切らさずに歩き続ける必要がある。その点から考えてもいきなり少年がそれを見てしまうより、男のポケットに手を入れたままそれが何なのかを考えさせる方が、男にすればずっと都合がよい。その上、強まる好奇心を抑《おさ》え切れなくなった少年が、遂にそれを引っ張り出してそれが何なのかを確認し、見覚えがある物だと分かった時のショックを多少なりと柔らげる、時間稼ぎにもなるだろう。

そこで少年はその時計によく似ている叔父さんの家の時計のことを盗人に話す。それが少年の生活の中で大きな存在になっている。

時計には持ち主の名など当然書かれていないから、少年はそれと「よく似ている」時計で連想する「叔父さんの家の時計」について、叔父さんから聞いたことがある思い出などを男に言うだろう。その話の内容は男に一定のインパクトを与えることになる。

そこで、改めて「叔父さんの家の時計のこと」と、その次に続く「それが少年の生活の中で大きな存在になっている」こととのつながりが重要になる。つまり、叔父さんにとっての思い出の品であるだけでなく、この時計は少年自身にとって極めて深いつながりを持ったものだったわけで、それが具体的にどんな内容か、この時点では全く不明だが、それを知らされることによって、男の心が根底から揺さぶられる。

盗人はその話をきいているうちに心をひるがえす。

「昨夜あの家にとまった、そして自分の時計とこれを取違えて来た、これは君の叔父さんのところへ返してくれ」

といって、少年にその時計を渡し、行ってしまう。

という結末になっていた。

何とも鮮やかに犯人が改心することで一件落着、ハッピーエンドになるわけだが、これはあくまでもプランであって、このプラン通りに進むようにするためには、男のオーバーのポケットに隠してあった「時計（か何か）」を、それらしい迫力を持った物に決めるしかない。

そうは言っても、昭和一〇年代半ばの一般の家庭にある高価な小物といえば、女物なら指輪かかんざし、帯止め、香水などと思い浮ぶが、それらは当然当てはまらないし、かといって陶器の壷や盃なども少年が「よく見せて貰った」りするような物ではないから、やはり時計が一番ふさわしいようだ。

更に、オーバーコートのポケットの深さは凡《およ》そ定まっているから、そこにすっぽり入る大きさの時計というと、やはり小型の置時計か目覚まし時計だろう。その中で少しでも値が張るものはと考えた南吉の頭にパッとひらめいたのが、オルゴール時計だった。

こう考えると、南吉自身、例えば安城の町（現・愛知県安城市）の中の時計屋か何かの店で、実物を見た覚えがあったにちがいない。ひょっとすると半田の町でもあったかも知れないと思われてくる。

しかも、オルゴール時計なら指先の感触で大きさや形の見当が付くし、ネジのような出っ張りに指が触れたはずみで、なめらかなメロディが流れ出すのも当然と言える。そしてその聞き慣れたメロディによって、自分がそれをどこで聞いたか、更にその持主である薬屋のおじさんがある日ふっと話してくれた入手の経緯まで、少年ははっきり思い出す展開ができてくる。

それればかりでなく、少年によってまだ印象になまなましい、この音色を幼い妹がどんなに喜んで聞き入ったか、その妹が病気で死ぬ前に、もう一度あれを聞きたいとぐずったので、おじさんに頼んで借りて来て聞かせてやったこと、だから命日にまた頼んでお墓の所まで持って行って聞かせたこと等を、少年は男に淡々と話す。

つまりこの歌時計は、その「天国で小鳥が歌ってでもいるような音色」によって、天国にいる妹と、村で毎日を過ごしている兄とが、しっかり心を通わせることができた掛け替えのない「大きな存在」であり、その在るべき場所があの薬屋のショーケースの一画だったのだ。

こうして、廉少年が話す自分とこの歌時計にまつわる真実を知ったことによって、周作の魂が甦り、彼はこれを少年に渡して店へ戻してくれと頼み、自分の今後の行き方を示唆する短い言葉を残して別れて行く。

このような引用文の後、南吉は、

これを二十四日夜十六枚に書いて、小学館に送った。「時計」と書き加えている。

この最後の「時計」の文字は、歌時計という意味だとも考えられるが、その含むところをもっと大きく、もっと深く示しているようにも思われる。

では、そのように本編の物語展開の上で極めて大きな役割を演ずるそのオルゴール時計が、薬屋のおじさんの所にどんな因縁でやって来たのかをはっきりさせよう。

これもやはり廉少年と周作との歩きながらの会話の上で、薄紙をはぐような調子で明らかになっていく。

「……そいで坊は、その薬屋へよく行くのか」

「うん、じき近くだからよく行くよ。僕、そのおじさんと仲よしなんだ。おじさんはね、日露戦争の勇士だよ。左のうでにたまのあとがあるんだ」

「ふうん」

「でも、日露戦争の話、なかなかきかしてくれないよ」

「そうかい」

「ロシヤがね、機関銃を使ったんだって」

「そうかい」

「おじさんはね、一ぺん死んじゃったんだって、そして気がついたらロシヤ軍のまん中にいたんで、それから夢中で逃げ出したんだって」

「ふうん」

「でも、なッかなかその話きかしてくれないんだ。うた時計は、がいせんしてかえるときにね、大阪で買って来たんだって」


とあるように、この時計は、その薬屋のおじさん、実は周作の父にとって、単に二〇代における日露戦争従軍の記念の品であるだけなく、負傷しながらも敵陣の中から見事に脱出して九死に一生を得た自分に対する、名誉ある勲章とも言えるものだった。

岩滑《やなべ》を含む半田町とこの戦争との関わりについては、次章「牛をつないだ椿の木」の主人公海蔵さんがその戦争で戦死したことと結びつけて改めて述べる予定だが、これは明治三七（一九〇四）年から翌年にかけて、わが国と帝政ロシアとの間で、陸上では主として満州（現・中国東北部）の各地で激戦が行われた戦争だった。

この戦いの具体的な状況がここに廉少年の口を借りて述べられており、とりわけロシア軍が機関銃を使用したことは、後々までわが国の各地で語り草になったから、南吉の場合も父からだけでなく、いろんな人から聞いていたにちがいない。

それ程、ロシア軍が日本との戦争に備えて大量に用意していた最新式の全自動式機関銃の威力は強大だった。それは発明者ハイラム・マキシムの名をとってマキシム機関銃と呼ばれ、発明五年後の一八九〇年にはイギリス、フランス、ドイツなどヨーロッパ各国の軍隊が公式に採用し、ロシアでは更に改良を加えた同型の銃を、一九〇〇年から自国内に建てた兵器工場で大量に製造し、軍備凡てを増強していた。それに対し、わが国の軍隊には機関銃は一丁も配備されていず、兵士たち誰もがそのような銃の存在すら知らされていなかった。

マキシム機関銃（平塚征緒『図説日露戦争』河出書房新社より）

この機関銃は、写真を見れば分かるように携帯用にはなってなく、鉄製の直径一メートル以上ある二輪車に固定されており、射手は、銃本体の後部に延びている銃脚に取り付けてある固定の銃座に腰掛けて発射する構造になっていた。そのためか、初めて戦場でこれに出会った日本軍では、外見上の形からこれを機関砲と呼び、公式記録にもそうなっていたが、発射されるのは小銃と同じ銃弾だったから砲でなかった。

この銃は、五八〇〇発の銃弾を収納したベルトをセットすれば、射程距離二〇〇〇メートルで、一分間に八〇〇発も連続して射つことが可能だった。このような恐るべき兵器を何十挺も並べてロシア軍が待ち構えている陣地とはつゆ知らず、攻めて行く日本軍兵士が持っているのは一発ずつ引金を引いて射つ小銃だから、百名二百名と密集して近寄っていけば、一人一人がいくら勇敢であろうとも片端から射ち倒されるのは当然だった。

では、博文館発行の旬刊誌「日露戦争実記」の明治三七年六月三日号に、開戦間もなく朝鮮半島西北部から満州東部に攻め入った、九州博多の歩兵第二四連隊の戦闘状況が詳しく述べられているから、その一部をここで紹介しよう。

敵の要衝である九連城での激戦の後、敗走するロシア兵たちを喜び勇んで追撃する日本軍の行く手に、有力なロシア軍が巧みに隠れて待ち伏せしていたのだ。


その歩兵は左右の高地に展開し、連射砲兵及びマキシューム機関砲中隊は、道路上のやや隆起せる地点に二個の砲列を布き、手強く抵抗せり。

牧沢中隊はかかる優勢なる敵兵と此地にて邂逅せんとは知らず平地を前進せしかば、猛烈なる敵火を避けんがために、左方の小高き柳樹林中に入りて、前面に展開せる敵の視線を避けんとせり。然るに安《いずく》んぞ知らむや、此の小高き地点は敵歩兵の展開せる高地脈の山の尾ならんとは。

かつ此の丘陵はあたかも敵速射砲の射界に属せるを以て、手厳しき敵の曳光弾を浴び、あまつさえ山上より衆敵の逆襲するところとなり、牧沢大尉は胸部に四弾を受けて戦死し、之に代りて中隊を指揮せし堤中尉も亦万歳の一声を名残りとして敵弾のために戦死し、全中隊の幹部かろうじて一命を拾ひたるは一士官あるのみにて、高石中尉、石田特務曹長亦戦死し、一個中隊中、一時に即死三十六名、負傷六十三名を生じ、ほとんど中隊の戦闘力を半減せり。

というように大苦戦をするわけで、うっかり油断をしていたからとはいうものの、短時間のうちにこれ程の犠牲者を出したのは、間違いなく敵兵が装備していた、未知の兵器「マキシューム機関砲」のせいだと言ってよい。

この後、同様な苦戦は、名古屋の歩兵第六連隊が所属する第二軍が向かった金州城外南山の戦いでも、そのずっと後で第三軍が攻めて行った、旅順での信じられないような激戦においても、日本軍は大変な数の死傷者を出すことになるが、それは何よりも兵器の差だった。

廉少年が好きな薬屋のおじさんが日露戦争に出征して「一ぺん死んじゃっ」て、「気がついたらロシヤ軍のまん中にいた」というのは、敵陣目指して攻めて行った日本軍が、速射砲や機関銃を備えたロシア軍に攻め返されて押し戻され、機関銃の弾丸が当って気絶していたおじさんは、倒れたまま取り残されたということだろう。

　では、それはいつの戦いだっただろうか。おじさんが所属していた歩兵第六連隊が最も多くの死傷者を出した戦いといえば、旅順の戦いが終って、その第三軍も加えた日本軍が総力を集めて攻勢に出て、奉天（現・瀋陽市）付近において両軍合わせて八〇万人もの将兵が、真正面からぶつかり合った明治三八年二月末から三月一〇日にかけての激闘だった。

　その中の三月七日の戦いの様子を『歩兵第六聯隊史』から少し長くなるが引用しよう。

　七日午前五時展開は終った。時に東天わずかに紅を呈したが、四辺尚暗く、敵前五、六百メートルに達したころ、前進掩護の将校斥候は敵の警戒斥候を駆逐したが、敵の射撃は最も熾烈を極めた。
　この時左翼第十一中隊は極度の火力を発揮して敵を牽制し、第二大隊は午前六時突撃して干洪屯南端に進入し、頑強な敵の抵抗を排してこれを北方に圧迫し、同村南半分を占領した。それと共に第三大隊も同村西端に突入してその西半分を占領し、彼我村内に対峙して奮戦格闘、家屋をこぼち土壁を破って、一歩一歩と前進を企てたが、敵の兵力は刻々に増加して却ってわれを包囲しようとし、七時頃となるや、更に熊家崗子付近から敵の砲撃を受けて、戦況われに不利に傾いた。（中略）
　しかし前後三時間の接戦によってわが損害はいよいよ多く、生存者わずか三百名となったのに反し、敵は新鋭を加えて東北方から怒涛の如く襲来してわれを包囲し、攻守忽ちにしてその位置を転倒するにいたり、熊家崗子堡塁の敵も亦これを援助して再び激烈な接戦となり、敵は爆薬を投じて土壁を破って闖入してきた。

ところが同村北部は家屋が脆弱な上に敵塁の瞰制をうけて防守に困難を感じたので、九時二十分これを捨て、その南半分に據ったが、敵はますます急迫して来て格闘各所に演じられ、危機は正に一髪に迫った。

この時、第十一中隊は増加を命ぜられて同村に向ったが、敵の掃射にその過半を失ない、二百メートル前方に停止するにやむなきに至り、第四中隊は多数の弾薬を携帯し、百難を排してついに第一線に達したが、その時人員は漸く百名に満たなかった。

という状況で後は省略するが、この日の日没頃には連隊全体が全滅に瀕することになる。

薬屋のおじさんもこのような激しい戦いに参加していたと考えることは十分可能で、戦闘途中で気を失っていたもののやがて蘇生し、暗くなるのを待ってうまく脱出し、帰隊できたということだろう。

なお、この奉天大会戦は第六連隊が加わっていた左翼戦線では大勝したため、この方面のロシア軍も本隊の後を追う形で敗走し、結果的に日本軍の勝利で終ったのだったが、半田出身でこの日に戦死した兵士は、満二三歳一一カ月渡辺菊三郎さんはじめ、七名もいた。

それらを思い合わせれば、これ程の大激戦を生き抜いて再び本土の土を踏むことができたおじさんが、その凱旋の記念として都会でもまだ珍しかったオルゴール時計を買って帰ろうと思ったのも、ごく当然なことだった。

そうしておじさんが故郷の村へ帰って一、二年後に生まれた息子も、この時計が奏でる涼やかなメロディを、計《かぞ》えきれない程、朝な夕な聴き入っていたにちがいない。それから更に約二〇年経ち、廉坊にしつこくせがまれてこれを鳴らす度に、おじさんはかつてあんなに無邪気に喜んだ息子の顔を思い浮べ、淋しさや悲しさで胸が一杯になったのだった。

このような時の歩みと共に刻まれた背景に思い到った時、それを素知らぬ顔でこのテンポのよい会話で描き切った作家南吉の、ふるさとの人たちとその暮らしへの思いの深さ、鋭さに、改めて感服せざるを得ない。

それでは最後に残っている重要な問題、廉少年と周作とがそれぞれの思い入れがある、この歌時計のメロディは、具体的に何という曲名のものだったのだろう。

一八世紀末、スイスはじめヨーロッパ各国において、これまでのボンボン時計ばかりでなくさまざまな曲を奏でるオルゴール時計が次第に出て来る中、特に幅広い層の人々に歓迎されたのは、ウエストミンスター・チャイムだった。

この曲は、わが国でも昭和三〇年頃から学校の時鐘に採用されるようになってよく知られるようになり、やがて一般家庭の柱時計にも用いられたりして、今では広く親しまれているが、その原曲は、ヘンデル作曲の有名なオラトリオ『メサイア』の中のアリアだった。

その部分は四つの音だけを用いた四小節のメロディでできていたため、オルゴールに組み入れやすかった上に、一時間を一五分毎に区切って一小節ずつ増やせばよいという構成も、時鐘という用途にピッタリ合っていた。

そのため、初めはケンブリッジのグレート・セントメアリー教会の塔の時計として用いられ、そのよく響く分かりやすいメロディはケンブリッジ・クオーターと呼ばれていた。だがその次に、ロンドンの中心部に聳《そび》える国会議事堂の時計塔、ビッグベンにもこのメロディが使われたため、その議事堂の所在地であるウエストミンスターの地名が通称になったのだった。

したがって、薬屋のおじさんが大阪で時計店に立ち寄った時、欧米産の置時計でこのメロディのオルゴール時計を売っていたかも知れないが、果しておじさんがすっと買える値段だったかと考えると、その可能性はかなり少なかったのではないだろうか。

そこで買う対象になり得る国産のオルゴール時計を調べてみると、前掲『時計とらんぷの小宇宙へ』に出ている一つに、明治後期に精工舎で作られた高さ一八・五センチの目覚時計で、「日本海軍」の曲が用いられていると解説してある。

この「日本海軍」の作詞者は、あの「汽笛一声新橋を、はやわが汽車は離れたり」で始まる「鉄道唱歌」の作者として知られる大和田建樹で、明治二七年に発表されたこの歌も一番から二〇番まである長いものだった。

その第一番はこうなっていた。

四面海もて　かこまれし
わが「敷島」の「秋津州《しま》」
外なる敵を　防ぐには
陸に砲台　海に艦《ふね》

この二行目の秋津島（州）は大和つまり日本の古い呼び名であり、敷島のは大和の枕詞だから、この一行はかいつまんで言えば、わが日本の国がという意味になる。それに加えて「」付きにしたのは、どちらもわが国の当時の軍艦の名だったからで、この歌の最大の特徴は、全二〇番の歌詞の中にわが国の連合艦隊に所属する全軍艦八六隻の名を、巧みに歌い込んでいる点だった。

この歌詞を受けて作曲をしたのは、「敵は幾万」や「夏は来ぬ」等の曲で知られる小山作之助で、歌詞の性格に合うように、ハ調四分の二拍子の行進曲風の軽快なメロディになっていた。

そのため、日清戦争の時もよく歌われたが、それ以上に大規模な海戦が行われた日露戦争では、小学校高学年の子らはこの長い歌全部を憶えて、大いに歌い合ったという。そういう状況だからこそ立派な目覚時計にもなり、海軍にゆかりの深い家庭などで誇らしげに用いられたにちがいない。

なお、この曲は、昭和になってからは次のような歌詞を付けられて生まれ変わり、幼稚園児や小学校低学年の子らに広く愛唱された。

ボクハ軍人大好キヨ
イマニ大キクナッタナラ
クンショウツケテ　ケンサゲテ
オ馬ニノッテ　ハイドウドウ

したがって「少年倶楽部」昭和八年九月号の懸賞の賞品になっていた、あの「軍楽置時計」のメロディも、多分この曲だったのではないかと思われるが、もちろんこんなメロディでは薬屋のおじさんはやはり手を出さなかったのではないかと思われる。

続いて前掲『時計とらんぷの小宇宙へ』には「蛍の光」のメロディを仕込んだセイコー舎製目覚時計も載っていた。

この歌の原曲は、スコットランドの詩人ロバート・バーンズが一七九九年に作った民謡「久しき昔」に付けた曲で、明治一四（一八八一）年に文部省が『小学唱歌集』を編集するに当って、この曲に今日もよく歌われる「蛍の光　窓の雪」で始まる歌詞を付けたのだった。その歌詞がはっきり示すように、これは別れの歌だったから間もなく学校の卒業式で歌われるようになり、外国航路の客船の出帆の際にもこの曲が演奏されることになり、広く全国で親しまれる歌になっていた。

したがって、この曲が仕込まれたオルゴール時計もおじさんが寄ったその店にあったと思われるが、凱旋の記念にこれを買おうとはやはり思わなかったにちがいない。

そこで気になるのは、啄木の歌に詠まれていた「支那の俗歌」の正体であるが、これは、啄木研究者によれば、中国で古くから人々の間で歌い継がれて来た、「太湖船《ターフーチョアン》」という民間歌謡だった。

この湖は、上海の西方にある、江蘇省南西部にある東西六〇キロ、南北四五キロもある広大な淡水湖で、古くから眺めの良さで知られた名勝だった。特にその東岸にある歴史的都市蘇州は、寒山寺や楓橋などへ多くの詩人、文人が訪れて作品を遺しているため、中国各地からの観光客ばかりでなく、わが国からも多数の作家や文学者がここを訪れているばかりか、「蘇州夜曲」などの歌謡曲を通しても多くの人に親しまれてきていた。

そこでこの「太湖船」の歌詞だが、作詞者名もはっきりしていないから、部分的に多少の相異はあるようだが、一応標準的なものの一番だけ紹介しよう。

「太湖船」

山清水明幽静静　湖心飄来風一陣
行呀行呀進呀進
黄昏時候人行少　半空月影水面揺
行呀行呀進呀進

（山も水もこの上なく美しく静まり返り、湖心から快い風が吹き渡って来ます。
さあ行きましょう、行きましょう。
黄昏時は人も少く、空高く光る月に照り映えて水面がゆらゆらしています。
さあ行きましょう、行きましょう。）

こういう歌だからその曲も歌詞にふさわしく、ニ長調のゆったりしたメロディで、たとえこの歌詞など知らなくともしみじみと聞き入ってしまう、しっとりした感じの曲になっていた。

だからこそ、啄木にしても、故郷渋民村を追い立てられるようにして去って函館で日々を送る淋しさの中、このゆったりした静けさに満ちた澄んだメロディに耳を傾けることで、僅かながらも心が癒されたのだろう。いつ頃のことかはっきりしないが、わが国独自でこの曲に子守唄の歌詞をつけて歌ったこともあるそうだが、それも十分肯《うなず》けよう。

そこで頭に浮かんで来るのが、前に引用した、薬屋のおじさんがその歌時計を買った事情を、廉少年が周作に話したその後に続く二人の会話だ。そのごく簡単な内容は既に述べたが、ここで改めて文章そのものを見ておこう。

「……あれ、もうとまったな。坊、もう一度だけ鳴らしてもいいよ」

「ほんと？……ああ、いい音だなア。僕の妹のアキコがね、とってもうた時計がすきでね、死ぬまえにもう一ぺんあれをきかしてくれって泣いてぐずったのでね、薬屋のおじさんとこから借りて来てきかしてやったよ」

「……死んじゃったのかい」

「うん、おととしのお祭りの前にね。やぶの中のおじいさんのそばにお墓があるよ。川原からおとうさんがこのくらいの円い石を拾って来て立ててある、それがアキコのお墓さ、まだ子供だもんね。そいでね、命日に僕がまた薬屋からうた時計をかりて来て、やぶの中で鳴らして、アキコにきかしてやったよ。やぶの中で鳴らすと、すずしいような声だよ」

「うん……」

この文を読み返し、「太湖船」の歌詞とメロディとを思い合わせると、おじさんが大阪でその曲に心惹かれて買って来た後、ずっと置いておいた歌時計は、やはりこのメロディのものだったと言わざるを得ない。

更に歩いて行くうちに、二人は大きな池の端にさしかかると、二、三羽の黒い小さな水鳥が向こう岸近くに浮かんでいる。

それを見ると少年は、男の人のポケットから手をぬいて、両手をうちあわせながら歌った。

「ひイよめ、
ひよめ、
だんご、やアるに
くウぐウれッ」

少年の歌うのをきいて、男の人がいった。

「今でもその歌を歌うのかい」

「うん、おじさんも知っているの」

「おじさんも、子供のじぶん、そういって、ひよめをからかったものさ」

この地方でひよめと呼ぶこの水鳥はカイツブリのことで、この鳥については、南吉は本編以前に日記にも書いている外《ほか》、「ひよめ」と題する童謡や「一年生とひよめ」と題する童話も書いている。

とりわけ後者は、昭和一六年末から翌年二月の間に書かれたもので、その書き出しはこうなっていた。

学校へいくとちゅうに、大きな池がありました。

一年生たちが、朝そこを通りかかりました。

池の中にはひよめが五六っぱ、黒くうかんでおりました。

それを見ると一年生たちは、いつものように声をそろえて、

　ひイよめ、
　ひよめ、
　だんごやアるに
　くウぐウれッ、

とうたいました。

するとひよめは頭からぷくりと水のなかにもぐりました。だんごがもらえるのをよろこんでいるように見えました。

けれど一年生たちは、ひよめにだんごをやりませんでした。学校へいくのにだんごなどもっている子はありません。

そして学校へ行くと、先生から、うそをつくのは大変よくないことだと厳しく言われ、みんなは分かりましたと返事をする。それで、その日の帰り道にそこを通りかかった時、いつものように言いかけて、どうしようかと迷った揚句、「だんごやアるに」を「だんご、やらないけれど」に言い変える。しかし、一年生がそう歌い終ったとたん、ひよめは「やはりいせいよく、くるりと水をくぐった」ので、見ていた子らはほっとする、という話である。

そこで本編に戻って、周作と廉少年の二人は、たまたまここへ通りかかったために自分が小さかった頃のことを思い出したというだけにすぎないが、作者南吉の意識のどこかにこの「一年生とひよめ」があったのではないだろうか。

つまり、このわらべ唄を聞いたことを、周作がこれからは嘘をつかない生活をしようと決意する一つのきっかけにしようと、南吉は考えたのではないかと見ることもできる。

ともあれ、ここで分かれ道へ来たのを機会に、周作は、間違えて持って来たから薬屋へ返してくれと言って時計二つを廉少年に渡し、ほっとした感じで去って行く。

その後、廉が一人で歩いていると、薬屋のおじさんが自転車で追い駆けて来る。それで廉が二つの時計を返すと、おじさんは「あの極道者めが」と激しくののしったので、廉は先程から考えていたことを率直に告げる。

「おじさん、そいでもね、まちがえて持って来たんだってよ。ほんとにとっていくつもりじゃなかったんだよ。僕にね、人間は清廉潔白でなくちゃいけないっていってたよ」

「そうかい。……そんなことを言っていったか」

少年は老人の手に二つの時計を渡した。うけとるとき老人の手はふるえて、うた時計のねじにふれた。すると時計はまた美しく歌い出した。

老人と、少年と、立てられた自転車が、広い枯野の上にかげを落して、しばらく美しい音楽にきき入った。老人は目になみだをうかべた。

少年は、老人から目をそらして、さっきの男の人がかくれていった遠くの稲積の方を眺めていた。

野のはてに白い雲がひとつ浮いていた。

このうた時計から流れ出る美しい音色に、三人三様の想いと、ふるさとに寄せる南吉の胸の裡が、深くおだやかに込められていたのだった。

第二章　「牛をつないだ椿の木」

海蔵さんが現代に遺したもの

　新美南吉の作品には、よく知られている「ごんぎつね」や「手袋を買いに」などのような、動物が主役になっている短い童話もあれば、「牛をつないだ椿の木」のように、主人公をはじめ出てくるのは大人ばかりで子どもが一人も登場しない、少し長い物語も何編かある。

　しかも本編は、日露戦争が物語の背景になっていた「うた時計」と違って、物語の最終段階でこの戦争が突然大きくのしかかり、主人公がそのために戦死をするという結末になっていて、より一層現実性の強い作品でもある。そこで、特にその点を意識しながらストーリーの展開に沿って、時代の流れを追い求めていくことにしたい。

では、型通りの感じだが、冒頭部からまず見ていこう。

山の中の道のかたわらに、椿の若木がありました。牛曳きの利助さんは、それに牛をつなぎました。

人力曳きの海蔵さんも、椿の根本へ人力車をおきました。人力車は牛ではないから、つないでおかなくってもよかったのです。

そこで、利助さんと海蔵さんは、水をのみに山の中にはいっていきました。道から一町ばかり山にわけいったところに、清くてつめたい清水がいつも湧いていたのであります。

二人はかわりばんこに、泉のふちの、いしだやぜんまいの上に両手をつき、腹ばいになり、つめたい水の匂いをかぎながら、鹿のように水をのみました。はらの中が、ごぼごぼいうほどのみました。

こうして一息ついた二人が元の場所へ戻ってみると、牛が椿の若葉をすっかり食べてしまっており、来合わせて待ち構えていた地主さんから利助さんはこっぴどく叱りつけられる。それで、地主さんが行ってしまった後、海蔵さんが、もっと道の近くに清水があればいいのになと言って利助さんを慰め、これがこの物語の中心の出来事になる、井戸を掘ることへの重要な伏線になる。

そこでこの二人の職業だが、当時この辺の農家で農耕用に牝牛を飼っている家では、農閑期になると、その牛を使って当地特産の味噌や酒などを、村々から半田の町へ運ぶ仕事を副業にしていた。大正一五年発行『半田町史』によれば、かつてはほとんどいなかったのに、大正初年に農家で飼育されている牛は、岩滑を含む半田町全体で百頭を越えていると記されている。利助さんもそういう牛曳きを副業にする一人だった。

一方、海蔵さんは牛を飼っていない代わりに人力車を曳《ひ》いていたわけで、これは明治三年三月末にわが国で発明された乗物だった。従来の駕籠に変わる新奇な乗物として注目されると共に、乗り心地をよくするための改良が次々と進むにつれて急速に普及していった。

半田町の料理旅館「春扇楼末廣」（『半田市誌史料編Ⅳ』半田市　昭和49年より）

その営業も、所轄の警察署に届け出さえすればある程度の車と車夫を雇った車屋の営業許可も申請後二、三カ月で降りたため、各地で営業が行われていった。愛知県でも、豊橋で四年三月に出願して五月に許可されており、名古屋でも四年一二月には二カ所に「人力車会所」という店ができており、目抜き通りの三十四カ所に出張所が設けられていたという普及ぶりだったし、翌年には製造がやはり二カ所で始まっていたといわれる。

その車夫になるのにも特別な技術など一切不必要だったから、

足腰さえ丈夫なら誰でもすぐに取り掛かれる仕事で、警察から車夫に指示されているのは服装だけだった。

まず頭には顎紐の付いた饅頭笠をかぶり、身体にはズン胴の下着に腹掛を着て股引《ももひき》をはき、足には草鞋《ぞうり》または歩行用の足袋《たび》を履くという定まりだった。だから、海蔵さんもこの時、暑さを感じながらもこんな定まった身なりをしていたのだろう。

そして、海蔵さんが農業の副業として車夫をしていたように、都会ではかつては失業旧士族がしていたこの仕事を、地方出身の学生たちが今日の言葉でいうアルバイトでの学資稼ぎとしてやる傾向も増えていたらしい。坪内逍遙の『当世書生気質』等、数編の小説にそういう学生が描かれている。

その結果、名古屋市では明治二〇年初頭には六五〇台だった人力車が、二八年には二人乗りが五八台、一人乗りが三五五〇台に急増していたし、『日本帝国統計年鑑』によれば、全国の保有台数は明治八年には約一一万台、同一二年には一五万台を越え、二九年には二一万台に達したが、その六年後の三五年には、二人乗りが八、三二四台、一人乗りが一八万七一九九台、合計一九万五五二三台だった。海蔵さん保有の一台もこの十九万五千五百余の中に含まれていたはずだ。

もう一つ乗物に関しては、椿の所で二人を待ち構えていた地主さんはそこへ自転車を使って来ており、本文には「その頃は自転車が日本にはいって来たばかりの時分で、自転車を持っている人は、田舎では旦那衆にきまっていました」と説明されている。

この「自転車が日本にはいって来たばかり」という期間をどのくらいの幅で考えるかだが、自転車業界の文献によれば、わが国に自転車が入って来たのは明治の初期で、明治九年には東京で貸自転車業が始まっている。その三年後には横浜で自転車製造所が開業しており、「東京府統計書」によれば、明治一二年には東京府下全体で一〇六三台の自転車が登録されている。

こうして自転車は着実に全国各地で利用度を増していく中、明治二六年には空気入りタイヤの自転車の製造が始まって更に利用者が増え、二八年には靴がこれまでの草履や下駄に替る履物として普及し始め、国内の自転車保有台数は、明治三一年には二万五九八二台、同三四年には五万六六一六台に上っており、この内名古屋市内の登録台数は九四一台だった。だから本文中にある通り、岩滑のような田舎では、自転車は旦那衆であることを示すステータスシンボルになっていたのだった。

ところで、その地主さんが自転車から降りて立っていた場所、つまり牛をつないだ椿の木があったのは何という場所かという点だが、第二節で海蔵さんが井戸新さんと交わす会話の中で、そこがしんたのむねを下りた所だと海蔵さんは説明している。

そこは、岩滑からの大野街道を西の方へ新美南吉記念館を通り過ぎて少し行った旧岩滑新田

（現・愛知県半田市岩滑四丁目）の入口に当る所で、その名のいわれは、この先が馬の背にも似たような台地で水利が悪くて開発が遅れていたが、元禄四（一六九一）年の検地の際にこの辺りが新田として認められるようになった、その新田の棟あるいは峰と見て、この坂道の辺りをしんたのむねと呼ぶようになったと言われている。

では、ここで、地元の南吉研究者大石源三さんが南吉の家の隣に住んでいた榊原文三さんから聞いた、しんたのむねと南吉にまつわる思い出話（エフエー出版『ごんぎつねのふるさと』、一九八七所収）を、多少解説を加えながら紹介しよう。

南吉が一年生だった夏、五年生の文三さんと二人、南吉の父多蔵さんに連れられて新舞子《しんまいこ》へ海水浴に行った。大正九年のことだ。

その帰り道、岩滑新田のおばさんの所へ寄ったら、お蚕《かいこ》さんを育てる時に桑の葉を入れるために使う、大きな竹籠を家へ運んで行ってくれと言われて、それを大八車に積んで帰ることにした。蚕というものはものすごく食欲が旺盛なので、養蚕農家ではその成育期になると桑畑からできるだけ多くの桑の葉を一度に運ぶため、大きさの割にはうんと軽い直径が一メートルもある大きな籠を使ったものだった。

ところが、そういう作りの竹籠だから、いざ大八車に載せて運んで行こうとしたら、ちょっとした揺れでもグラグラかしいで、ともすれば落ちそうになる。それで多蔵さんは考えたのだろう、二人を車に乗せた上、籠の中に二人とも入って向き合って坐るように言いつけた。五年生同士なら窮屈でうまくいかないかも知れないが、南吉は一年生だったから大丈夫言われた通りに坐れたし、これでその大きな籠は安定して全くぐらつかなくなった。

しかし、この籠は、摘み取って来た桑の葉の先が竹の網目のすき間に挟まったりしないように、うんと詰めて編んであるため、中に入って坐らされている二人にしてみれば、風が全く通らないばかりか、夏の強烈な陽差しに照りつけられて、蒸し暑くてたまらない。かと言って動いている大八車の上で立ち上ったりしたら、籠がぐらつくかも知れないから、言いつけられている通り我慢するよりしょうがない。

しかも、間もなくしんたのむねを下りだしたから、籠は斜めにかしいで今にも倒れそうになる。この坂の途中でグラッと大きく傾いたらそのはずみで外へ放り出され、どんなことになるか見当もつかない。二人は、足や腰はもちろんのこと、お尻や両腕にまで体じゅうに力を入れ、必死になってがんばった。

ここで著者源三さんの文を引用しよう。

籠の中からは外の景色が見えません。ただ、ゴトゴトという大八車の金輪の音が聞こえるだけでした。

家に着くと、父の多蔵は、

「どうだ、らくになったか？」

と、何事もなかったようにポッンとひとこと言っただけでした。

しかし、ふたりは暑くて暑くてフラフラになっていました。

としめくくられているが、文三さんと南吉がどんな顔をしていたか、それが初めて身を以《もっ》て知ったしんたいのかいいは、このしんたのむねの上の岩滑新田が、海蔵さんと利助さんが住んでいる村だった。そのわが家に帰った海蔵さんは、二人暮らしの母親との夕飯の時、いつものようにこの日あった出来事の話をし、「あそこの道端に井戸があったらいいのに」と言うと、お母さんはこう答える。

「そりゃ、道ばたにあったら、みんながたすかる」

と、いって、あの道の暑い日盛りに通る人々を数えあげました。大野の町から車をひいて来る油売り、半田の町から大野の町へ通る飛脚屋、村から半田の町へでかけていく羅宇屋の富さん、そのほか沢山の荷馬車曳き、牛車曳き、人力曳き、遍路さん、乞食、学校生徒などをかぞえあげました。これらの人ののどがちょうどしんたのむねあたりで乾かぬわけにはいきません。

「だで、道のわきに井戸があったら、どんなにかみんながたすかる」

と、お母さんは話をむすびました。

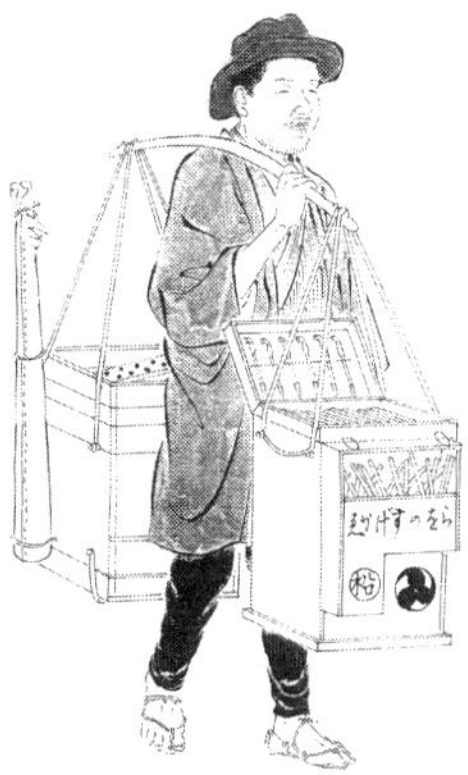

羅宇屋
（三谷一馬『明治物売図聚』
三樹書房より）

海蔵さんは、お母さんのこの言葉に大きく心を動かされて新たな行動を起こすのだった。

なお『校定新美南吉全集』（以下「校定全集」）によれば、「当時、大八車を改良した箱型の車に椿油、化粧品を積み、岩滑、半田方面を行商する人」がいたという。その人が来た大野（現・愛知県常滑市大野町）は大阪との間に航路があったから、そのルートでの商品も目玉商品にしていたことだろう。

また、煙管《きせる》で刻みタバコを吸うのがタバコ呑みの大半だった明治期には、その竹製のラオをすげ替える羅宇《ラオ》屋の行商が全国どこででも見られ、岩滑や岩滑新田などでは昭和一五年頃までその行商人を見たという。

南吉本人も、海蔵さんのお母さんが並べ上げたこれらの人々の姿は直接目にしていたにちがいない。

そこで本文第二節の書き出しを見てみよう。

海蔵さんが人力曳きのたまり場へ来ると、井戸掘りの新五郎さんがいました。人力曳きのたまり場といっても、村の街道にそった駄菓子屋のことでありました。そこで井戸掘り

資料　8

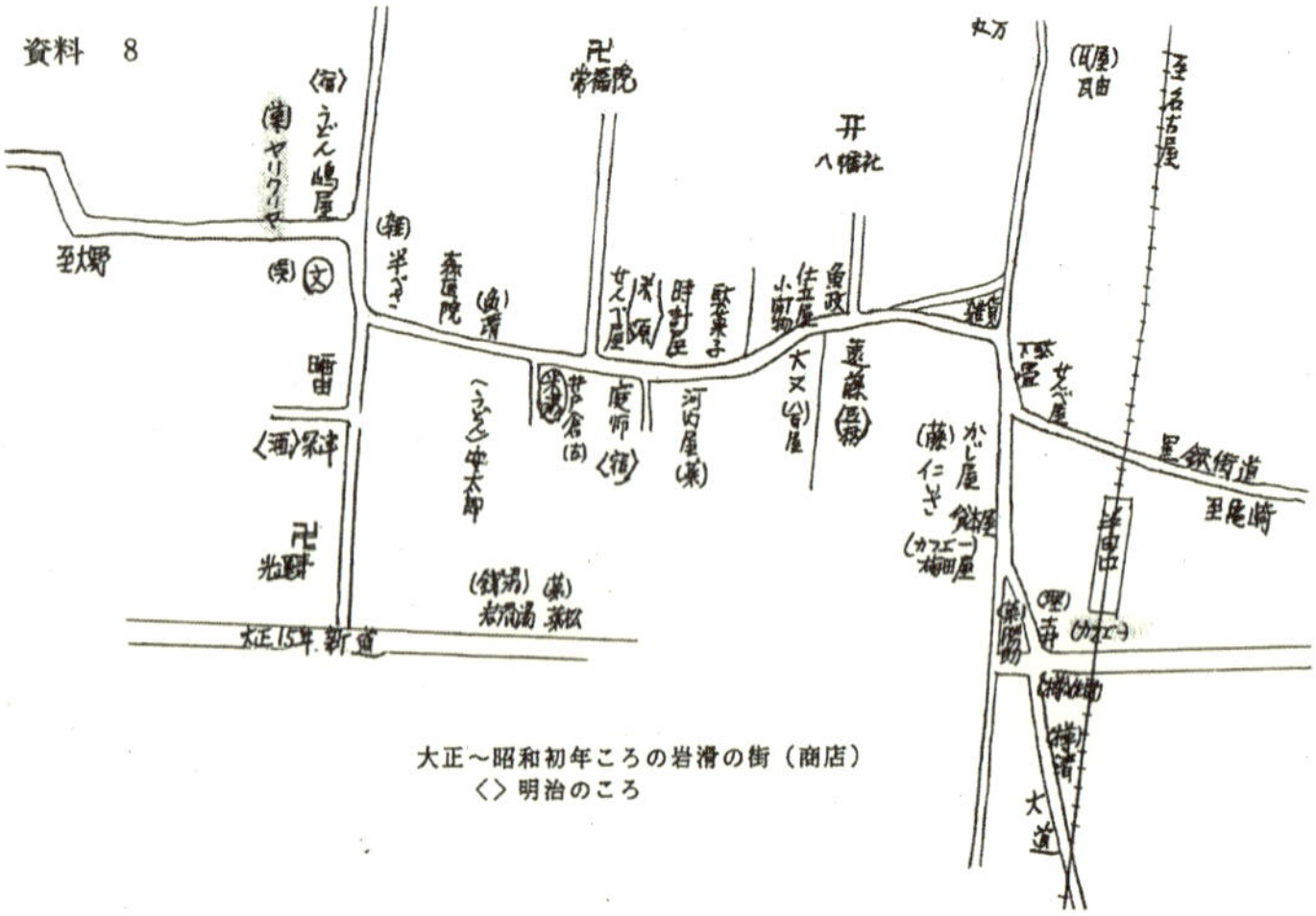

大正～昭和初年ころの岩滑の街（商店）
〈〉明治のころ

新美南吉研究会「南吉研究」29号（大石源三資料より）

の新五郎さんは、油菓子をかじりながら、つまらぬ話を大きな声でしていました。井戸の底から、外にいる人にむかって話をするために、井戸新さんの声が大きくなってしまったのであります。

「井戸ってもなア、いったいいくらくらいで掘れるもんかイ、井戸新さ」

と、海蔵さんは、じぶんも駄菓子箱から油菓子を一本つまみだしながらききました。

この駄菓子屋については、新美南吉研究会発行の「南吉研究」二九号（平成三年一〇月）で大石源三さんはヤリクリ屋ではないかと言っており、地図に示されている位置から見ても大いに肯ける。ただし、この店名の由来は想像するしかない。

ここで突然私事になって申し訳ないが、本編のこの第二節冒頭部を読むたびに、この村で井戸新さんと呼ばれて皆に親しまれていた実在の人のはっきりした声が蘇ってくる。このことについては既に『人間・新美南吉』や『風を見た人』などに少し書いたことがあるのだが、日記やノートにかなり細かく書いてあったので、この機会にそれらを参考にして、その時の様子等を改めて書いてみたい。

当時愛知県立大学文学部児童教育学科に勤めていた私は、ゼミでは児童文学を担当していた。そして昭和五〇年に勤めて五年目に入り、着任以前から強い関心を抱いていた新美南吉の生涯について、そろそろ本腰入れて調べたいと思っていた折りしも、後期の授業が始まって間もない頃、半田出身の学生がしんたのむねと呼ぶ土地が今もあると言っている由を耳にした。そこで、それがどのような坂なのか確かめると共に、もしも泉があったらその水を飲んでみたいなどという好奇心まで湧いてきて、常滑出身のゼミ四年生北村紀美子（現姓久野）さんに案内役を頼んでみたところ、二つ返事で引き受けてくれた。

そうして一一月一六日月曜日の快晴の午後、約束していた時刻に私が名鉄住吉町駅で下車すると、北村さんは自分の車で待っていて、私が乗り込むなりすぐに走り出し、間もなく岩滑小学校の横を通り過ぎ、五分もしないうちにスッと車を止めて言った。

「今通った所がしんたのむねだそうです」

びっくりして車から下りてふり返ってみれば、三百メートル、いや、四百メートルぐらいか、急ではないが坂道がずーっと長く伸びている。それで、ためらわずにその坂を一番下まで下って行き、改めて歩いて上ってみた。同道した北村さんはニコニコと平気な顔だったが、二、三日前から風邪気味だった私は、後半は少し息が切れた。

こんな坂を客が乗った人力車を曳いて上ったらさぞかし水を飲みたくなっただろう。まして夏場だとしたら、下って行くのにも大変だったろうと実感できた。

そうなると、井戸新さんが掘った井戸もこの辺のどこかに残っているのでないだろうかと気が付いて、辺りをぐるっと見回してみたが、それらしいものは見当らず、畑があるだけだ。

やはりあれは創作だったのかと思った時、近くにある家の前に男の人が立っているのが見えたので、近づいて行って訊《き》いてみると、森さんというその人の話では、自分が二十年程前にこの家を建てた時ここには何もなかったから井戸は知らないが、この坂の下の方には少し脇へ行った所に小さな泉があったが、今は涸《か》れてしまったとのことだった。

やはりそういう手がかりになる泉はちゃんとあったのだと納得し、お礼を述べて帰ろうとしてふと見れば、森さんの家の横手に井戸がある。その私の視線に気付いたらしい森さんが、自分から教えてくれた。

「その井戸は、この家を建てた時に知り合いの井戸新さんに頼んで掘ってもろた」

驚いた私が確かめると、その人は岩滑新田の榊原新一という名の人で今も健在だとのことなので、思わず私が会いたいと言うと、森さんは電話で都合を訊いてみると言ってすぐに家に入って行かれた。

そして入れ替りに出て来た奥さんが、

「うちでも普段は水道を使うとるんだけど、こんな陽気のええ日はこの水が冷てァし、おいしいもんだで」

と言いながら、ポンプでその井戸の水を汲み上げ、コップに入れて出して下さった。

そのおいしかったこと。思わず声を上げてゴクゴク飲んだ私は、あの作品のラストシーンの海蔵さんの胸の裡《うち》がようやく実感できた。と同時にこのご夫婦の温かさが体じゅうに浸みわたるような、本当においしい一杯だった。

しかも井戸新さんも喜んで待っているとのことなので、そのお宅までのコースは北村さんが森さんにしっかり教えてもらい、十分も経たないうちに私たちは井戸新さんの立派なお家に着いていた。

井戸新さんは明治四〇年生まれだそうで、この時七二歳、日当りのよい広い縁側にゆったりと腰をおろし、張りのある大きな声でのお話は、満二〇歳の昭和二年四月に掘った最初の井戸の体験談から始まって、どこそこの井戸、誰々の井戸と、失敗談も含めて次から次へと流れるように続いた。

それはそれで面白かったのだが、ちょっと一息ついたところで私があの作品のことに水を向けると、

「そんな本読んだこともないけど、わしの名をもじった名前の井戸掘りが出とるらしいな。そやけど、井戸新ちうたらこの辺にゃ、わししかおらんで」

と前置きした上で、南吉がこの家へ訪れた時の思い出話に入った。

「ありゃ、たしか昭和一七年の三月か四月、三五歳の年の春やった。あの正八さん、畳屋の倅《せがれ》さんはもとから痩《や》せたお人やったけど、着流し姿でひょろーっとやって来て、いきなり井戸一本掘るのにどれ位銭が要《い》るもんか教えてくれとか言い出いたもんで、まあそこに坐れちゅうて坐らせて……」

と、実にリアルな話し方だった。

そこで、南吉が訊こうとしているのが、自分が生まれる少し前の頃のことだと知った井戸新が、「ざっと三〇円もあれば」と答えると、どういう段取りで掘るのかとか、三〇円の内訳とか、次々と訊いてきてそれを帳面に書き、またあれこれと訊いて来るので、また答えてやるとそれもせっせと書いていた。

それが一区切りしたところで、「正八さん、何でそんなこと聞くだや」と問い返したら、南吉は、「ちいとわけがあるだで」と、ひとり言のように答えて、そのままひょろり、ひょろりと帰って行ったということだった。南吉のこの最後のセリフは、そのまま本編中の海蔵さんの言葉となる。

ここで、井戸の掘り方そのものについて付け加えると、江戸時代には全国各地でそれぞれいろんな方法での掘り方がなされてきたが、深い井戸を効率良く掘る方法として、明治二〇年頃から千葉県上総《かずさ》地方でよく行われるようになっていた、竹ヒゴの強い弾力を上手に利用した上総掘が、次第に全国に広まっていた。

それは、十人から多い時は十四、五人程が一組になり、親方の指揮の下に何日間か集中して作業を進めて行くので、その人夫賃が最大の経費だった。だから、例えば一人の日当が四〇銭で十人で六日かかれば二四円必要になり、それに、工事が進むにつれて土の中に埋めていく井戸囲いの土管やその他の費用を加えると三〇円という見積もりになり、何よりも親方の判断力と采配が、凡《すべ》てを握る鍵だった。

本編で井戸新さんが海蔵さんに示した三〇円という見積もりはこのような内訳によるもので、それを自分の耳で聞くことができた作者南吉は、家へゆっくり歩いて帰る途中、「よーし、海蔵さん、何としても三〇円がんばって貯めろよ」と、心の中で力を込めて呼びかけたにちがいない。

そこで本文に戻ると、海蔵さんはまず利助さんに出資を呼び掛けるがすげなく拒絶され、第三節では、有志からの寄付を期待して喜捨箱をあの椿の木の下に設置するのだが誰一人応じてくれる人がなく、こうなったら自力でやるよりしょうがないと海蔵さんは秘かに肚《はら》をくくる。

続く第四節は、そのように決心した海蔵さんがその翌日仕事帰りに立ち寄った村の茶店、たぶんヤリクリ屋と思われる店での、彼の行動とその心の中の葛藤が細かに記されている。

その書き出しはこうなっている。


次の日、大野の町へ客を送ってきた海蔵さんが、村の茶店にはいっていきました。そこは、村の人力曳きたちが一仕事して来ると、次のお客を待ちながら、憩んでいる場所になっていたのでした。その日も、海蔵さんよりさきに三人の人力曳きが、茶店の中に憩んでいました。

店にはいって来た海蔵さんは、いつものように、駄菓子箱のならんだ台のうしろに仰向けに寝ころがってうっかり油菓子をひとつ摘んでしまいました。人力曳きたちは、お客を待っているあいだ、することがないので、つい、駄菓子箱のふたをあけて、油菓子や、げんこつや、ぺこしゃんという飴や、やきするめや餡つぼなどをつまむのが癖になっていました。海蔵さんもまたそうでした。
しかし海蔵さんは、今、つまんだ油菓子をまたもとの箱に入れてしまいました。

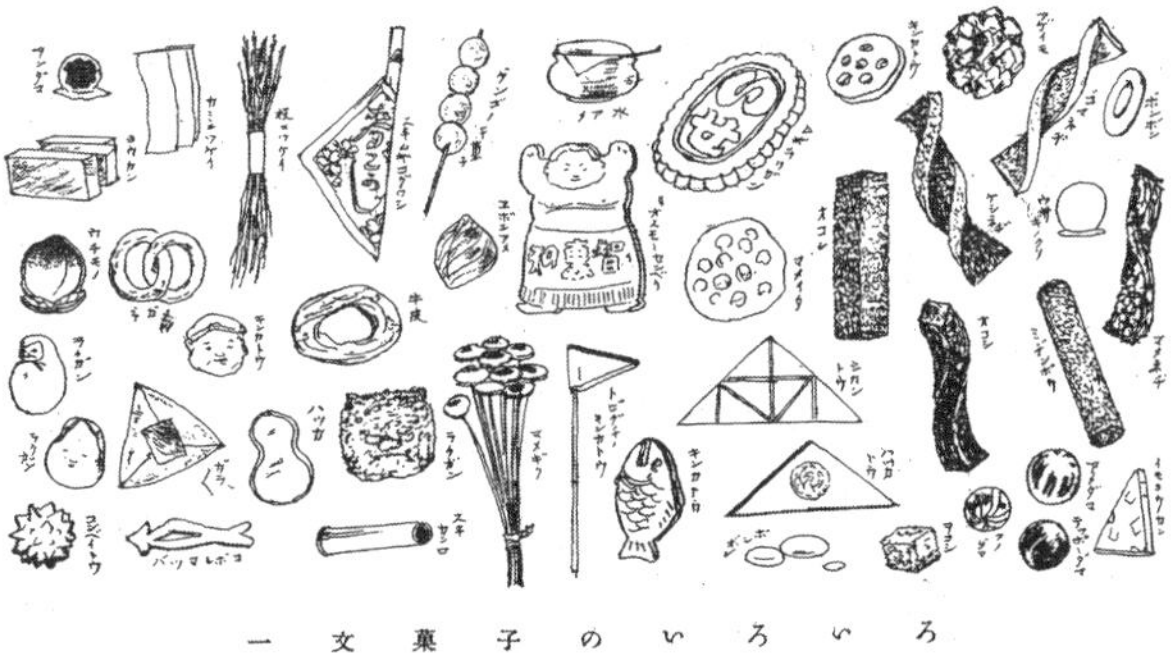

一文菓子のいろいろ（『世界大百科事典』平凡社、昭和12年より）

この駄菓子という言葉は現在も一般に通用しているから常識的に考えればすむのだが、実はそのために歴史的、地域的に多少のずれも見られるので、少しだけ確かめておこう。

まず基本的には、麦、稗、粟、豆類、黍、玉蜀黍、屑米など安く入手できる穀類を材料にして甘味を加えた大衆的な菓子のことで、江戸時代には広く一文菓子と呼ばれ、この名称は明治以降もかなり長く用いられた。それと併用して物価に応じた呼び名では、一厘菓子、五厘菓子、一銭菓子などとも言われ、売る店も一文菓子から駄菓子屋へと変わっていった。

その代表的なものとしては、麦こがし、おこし、みじん棒、かりんとう、豆板、鉄砲玉、べっこう飴、金太郎飴、げんこつ飴、きなこ飴、枝につけい、かるめ焼、今川焼等が上げられるが、地方によって呼び名が違うものも少なくない。参考までに昭和一二年版平凡社『世界大百科事典』掲載の「一文菓子」の項の図版は前頁のようになっている。なお同事典に駄菓子の項は見当らない。

また、右に掲げた代表的な駄菓子の中には、京都の豆板、浅草の雷おこし、大阪の岩おこし、金沢の柴舟、熊谷の五家宝などのように地方名物として通用しているものもあるし、大福餅やウグイス餅、草餅、金つば、蒸し羊かん等がかつては駄菓子屋の常連だったと言われても今ではピンと来ない。

それで、実際に子どもの頃に駄菓子を食べたという記録がある個人名を探してみたら、新潮社『駄菓子大全』（一九九八）にそれが出ていた。

まず大正一一年生まれの水木しげるさんは鳥取県境港町で食べた駄菓子として六種上げていた。

「げんこつ、棒菓子、ハッカ菓子、ゼリービーンズ、正ちゃんせんべい、ミソせんべい」

また、東京浅草の駄菓子屋の子だった漫才師、内海桂子さん（大正一一年生まれ）の思い出のものは、次の七種だった。

「みそ松、カルメ焼、エンドー豆、麩菓子、みつパン、ところてん、にこごり（鮫？）」

と並ぶ中で、先頭の「みそ松」については、

「蒸しパンみたいなものを三角に切って、その上に同じ材料を黄色に着色して松のように線を入れたもの」

と註記されていた。

では、本編で海蔵さんたち人力曳きの面々が好んで食べたものとして名が上っている駄菓子はどんなものだったか、『校定全集』の語注で個別に見ていこう。

まず「油菓子」については、「小麦粉に砂糖と水を加えて練り、幅二センチ、長さ一〇センチ、厚さ〇・五センチくらいの大きさに切る。それを半乾きの時に半分ねじらせ、油で揚げた菓子。当時一本一銭」と詳しい。

東京辺りでは花林糖をこう呼んだという説もあるが、岩滑では見たままを名にしたらしく、油で揚げてあるところが男衆に受けたのだろう。第二節冒頭で井戸新さんが食べていたのもこれだった。

次に出てくる「げんこつ」については、「もち米を蒸して乾燥させ、それを炒って飴でかためた菓子。大きさは二、三センチ。丸や三角の形をし、おこしに似て固い」とある。

これは、京都の臨済宗総本山妙心寺の第十九代管長玄峰が命名した菓子「巌骨」と同一らしく、現在犬山市では銘菓として全国に知られている。水木しげるさんがトップに上げたのもこれだろうか。子どもはなめころがすだけだろうが、人力曳きたちはバリバリ噛み砕くのが快感だったかも知れない。なお、北海道では大型の花林糖を「げんこつ」と言ったそうだし、大阪では「げんこつ」と言えば、明治中期に町中を流して歩く顔や踊りがきわめて派手で、子どもたちが喜んでついて歩いた辻占売りのことだったとも伝えられている。

次に出ている「ぺこしゃんという飴」については、「ザラメ糖を煮てとかし、直径二センチほどの棒にし、それを三角形に切った飴。黒ごまなどを入れたものもある」と説明してあるから、三角の飴らしいが、それをなぜこう呼ぶのか見当もつかない。

その次の「餡つぼ」は「小豆のこし餡に砂糖を加え、丸めて餡の玉を作り、それを透明な寒天で覆った生菓子」だという。直径二、三センチぐらいだろうか、その餡の玉をツルツルしたゼリー状のものでくるんだ、見るからに和菓子らしい外見に食欲をそそられ、軟らかな舌ざわりが喜ばれるのだろう。「あんこ玉」と呼ぶ所もあり、東京などでは「餡玉」と呼んだらしい。この半田・岩滑辺りでの呼び名は「餡つぶ」がなまった愛称かも知れない。

また、本文でもう少し後に出てくる、このお店お得意の「餡巻」は、「小麦粉を水でとき、鉄板の上で薄く伸ばして焼き、それに長方形の餡をのせて巻きこんだ生菓子」とあり、更に茶店のおかみさんが「焼きたてのほかほかの」を持って来たとたんに、人力曳きたちが一斉に手を伸ばして一本ずつ取る「大餡巻」の大きさは、「巾八〜一〇センチ、長さ一五センチ、厚さ三センチ位のもの」と記してある。これは当然一本五銭以上しただろうし、この大きいのももちろんのこと、ふつうの餡巻にしても駄菓子の枠外の和菓子である。

ここで話を元へ戻せば、一度手にした油菓子をそっと箱へ戻した海蔵さんは、やがて始まった人力曳きが一対一でやる、金平糖を自分の顔高くに放り上げ、落ちて来たのを口で受け止める、この店での毎度のお楽しみも、自分ならもっと上手くやるんだがと思いつつも、ぐっと我慢して加わらない。

更にあの湯気がほかほか立っている大餡巻が運ばれて来た時も、当然いつものように仲間から誘いの声がかかり、自分自身喉から手が出そうな気持を必死になって堪《こら》え、「倉でも建てる気か」などとからかわれても、わざと馬耳東風というふりをして見せて聞き流す。

海蔵さんの胸の中には、拳骨のように固い決心があったのです。今までお菓子につかったお金を、これからは使わずにためておいて、しんたのむねの下に、人々のために井戸を掘ろうというのでありました。

海蔵さんは、腹も歯もいたくありませんでした。のどから手が出るほど、お菓子はたべたかったのでした。しかし、井戸をつくるために、今までの習慣をあらためたのでありました。

実は南吉は大正一一年小学三年生の時の「綴方帳」に、一一月一六日に「私の好きな物」と題して、食事の時のお菜をはじめ果物や飲み物、菓子など、合計三十程も列挙しており、その中に「ぺこしゃん」と「あんまき」がしっかりした字で書いてあった。自分が大好きだった菓子をこの作品の中に具体的に取り入れることによって、食べたい気持と懸命になって闘う海蔵さんの内面を作者としてはっきり共通すると共に、この節を書きながら何度も「がんばれよ、海蔵さん」と、心からのエールを送ったことだろう。

それにしても、この日の夕方家に帰った海蔵さんが、多分前日用意しておいた壺か瓶かの中に入れたお金は、果して何銭だったろう。その初日分を入れ終った後、海蔵さんは「塵も積もれば山となる」と何度も繰り返したにちがいない。そう思うと、これまでは農閑期だけだった人力曳きの仕事を一日でも増やすことが必要だったし、そのためにはお母さんの理解と協力が絶対条件だった。

二人は改めて細かく話し合った上で、できるだけ無理はせず、着実に積み上げていくための方策を考え、互いに体を大事にやっていこうと確かめ合ったにちがいない。

では、この夏の間の人力曳きの仕事はどんなものだったろうか。

第四節書き出しの冒頭に既に書いてあったように、海蔵さんたちこの村の人力曳きの主な仕事は、岩滑から三里（約一二キロ）ばかり西へ行った、大野町の新舞子の浜へ海水浴客を運ぶことだった。それに関して、南吉は、昭和一六年一一月二五日の日記に、「父の話」と題する興味深いノートを書いており、その中で次のように状況を説明している。

人力車は十円位で買うことが出来た。まだゴム輪でなくガラガラと鳴る輪であった。

名古屋から大野へ海水浴（潮湯治）にいく金持連が半田まで汽車できて、そこから大野まで人力を雇ったものだ。で、その頃半田にも大野にも三十人位宛人力曳きがいた。

父の父は道ばたで駄菓子をしていて、そこでよく人力曳きは休んだ。

この最後の文で「駄菓子をして」いたとあるのは駄菓子屋の意味だと思われるし、この後、その店では、人力曳き用の「底が瓢箪のように中ほどでぐっとくびれて」いる、かなり値の張る草鞋《ぞうり》も売っていたと付け加えている。

この引用文の背景には、当時における名古屋方面一帯のきわめて目覚ましい経済的な面での発展状況があった。

名古屋はもともと徳川御三家の一つ、尾張藩六十一万九千石の城下町だったが、経済的、社会的には江戸や京大阪に大きく水をあけられている観があった。しかし、明治に入って国全体の体制が根底から覆えされたことにより、前章の時計業界が示すように商業関係者層が先陣を切って勢いを増していき、とりわけ明治二一年九月に東海道線が開通してからは、その地の利を活かして各種企業が文字通り先を競い合って、活発な活動を推進していった。

その結果、明治三四年末には、紡織、運輸、土木、機械、電気、食品その他凡《あら》ゆる分野に亘り、市内に本店を持つ会社が、株式会社三五、合名会社一一を含めて計一一〇社に達していた。これらの会社経営者たちが猛暑を避けての憩いを求めて、昔から潮湯治の浜として知られる大野の新舞子を目指して名古屋を繰り出し、明治一九年に開通した武豊線で南下して半田駅で降り、その駅前で待っていた地元の人力車を利用したわけだった。

ちなみに、一〇円で買えたという人力車は名古屋の業者から回って来た中古品だっただろう。また、駄菓子屋をしていたという南吉の祖父渡辺六三郎は弘化三（一八四六）年生まれだったから、明治三五年には五四歳、南吉の父多蔵は一六歳だった。だから、多蔵さんにはその頃のさまざまな記憶がかなりはっきり残っていただろうし、祖父がこんな商売をしていたという事実が、本編執筆に何よりのモチベーションになったにちがいない。

この日記の「父の話」には、実際にその一〇円の人力車を曳いて大野通いを当時していた二人の男のエピソードを、実名で述べているので、それも引用しておこう。

人力曳きは体に無理をさせるからよく体をこわしてしまった。

岩滑新田の、えいたんぼと熊七というのがその頃人力曳きをしていた。二人共新田から大野まで避暑客をのせて一度行けば三十五銭ほどのよい銭になるので景気込んでやった。二時間程で大野へ行って来れた。

二人は若気のいたりで走った。走っては体に無理だというのに。

しかしえいたんぼはおっちょこちょいで、どらだったので、儲けた銭を飲み食いしてしまった。それだけ体にえようをさせたわけだ。だから体がもった。

熊七はしまつで、三十五銭もうけてくるとそれをそっくり、ちゃらアンと甕《かめ》の中へ入れるといわれていた。で体をせめる一方だったので、二年もすると体を壊してしまい、もう人力商売は出来なくなった。

この二人の本名は新美栄太郎と新美熊七で、兄弟ではないが縁続きだったらしい。この二人が走ったのは、大野の北の新舞子だから岩滑新田からでも片道一四、五キロはあり、「山あり谷ありのつづれ折りの険しい道」（『ごんぎつねのふるさと』）を二時間で行って来るには、余程のスピードが必要になる。

しかも「ガラガラと鳴る」鉄の車輪の人力車を両手で握りしめて引っ張り続けて、とりわけ往路は何十キロかの大人を乗せて走るのだから、何重ものハンディを負っての強行と見ざるを得ない。普通の人力曳きなら大野行は一日一往復にとどめ、後は半田近くのどこかへ行くようにしただろう。

それなのにこの二人がその苦行をなぜ二往復もしたかといえば、単純にひとの倍稼ごうと考えたからに外ならない。それだけ脚力、体力に二人とも自信があったのだろう。海蔵さんがそんな愚かな真似をしなかったのは言うまでもない。

そこで本文に戻ると、とにかく二年間こつこつとがんばり通して遂に目標の三〇円を貯めることができた海蔵さんは、二年前に利助さんを叱り飛ばした、「半田の町に住んでいる地主の家」へ行き、あそこに井戸を掘ることを許してもらえないか誠心誠意頼み込むが、何度行っても冷たく拒否される。

その余りの頑固さに堪え切れなくなった海蔵さんが、家でついに不謹慎な言葉を吐いてお母さんに戒められ、それを悔いて謝まりに行ったところ、その正直さが地主の老人の心に通じ、強い承諾と励ましの言葉まで頂戴する。

こうして物語はすっと飛んで、いきなり大詰になる。

いい、いい、いい
しんたのむねから打ちあげられて、少しくもった空で花火がはじけたのは、春も末に近いころの昼でした。

村の方から行列が、しんたのむねを下りて来ました。行列の先頭には黒い服、黒と黄の帽子をかむった兵士が一人いました。それが海蔵さんでありました。

いい、いい、いい
しんたのむねを下りたところに、かたがわには椿の木がありました。今花は散って、浅緑の柔かい若葉になっていました。もういっぽうには、崖をすこしえぐりとって、そこに新らしい井戸ができていました。

そこまで来ると、行列がとまってしまいました。先頭の海蔵さんがとまったからです。学校かえりの小さい子供が二人、井戸から水を汲んで、のどをならしながら、美しい水をのんでいました。海蔵さんは、それをにこにこしながら見ていました。

「おれも、いっぱいのんで行こうか」

この冒頭にある変わった服装は当時の日本陸軍のもので、海蔵さんは日露戦争に兵士となって召集され、この日はその出発の晴れの日だった。

この日本とロシアの戦争は、日本が約一〇年前の日清戦争で勝った後、当時満州と言った清国（現・中国）東北部地方を自国の領土にしようとしたのに対し、以前からその方面への進出を狙っていたロシアが強く抗議し、やむを得ず日本が退いたのを見て、ロシアがそこを自分たちの支配下にして軍備を固めたため、日本がその土地を取り戻そうとして始まった戦争だった。

この両軍の全面的な衝突は明治三七（一九〇四）年二月一〇日の宣戦布告で開始され、名古屋にあった歩兵第六連隊の最初の部隊が名古屋の兵営から出発したのは、その年の三月二四日だった。だから、海蔵さんが村の人たちに見送られて岩滑新田を後にしたのが「春も末に近い頃」とすると、海蔵さんは最初の部隊ではなく、第二陣か第三陣の部隊だったのだろう。

半田町出身でこの最初に戦場へ向かった部隊に所属していた人が、明治一〇年生まれの榊原庄三郎さんの外に何人もいたし、岩滑を含め町民の誰もが海の向こうの戦況に強い関心を寄せる中、次々と若者たちが出征して行くことになる。

そんな中で陸軍の全部隊は三つに分けられ、第一軍は朝鮮北西部から満州に向かい、第二軍は満州南部からまっすぐ北上し、第三軍は第二軍と同じ場所で上陸した後、西端にあるロシア軍の旅順要塞を攻略することになり、名古屋の歩兵第六連隊は第二軍に組み入れられていた。

そこで第二軍は、四月下旬に日本を離れて五月上旬大連の少し東の方の海岸で上陸し、金州城外の南山（現・大連市）に堅固な陣地を築き、前章で詳しく述べた最新式機関銃や速射砲を大量に用意して待ち構えていたロシア軍と衝突し、五月下旬から約三週間激しい戦いを展開した末、ようやく打ち破ることができた。

それから、第二軍は各地で同じような激戦を重ねながら、夏から秋にかけて次第に北上し、一〇月には奉天（現・瀋陽市）南方の沙河という所でロシア軍に勝つことができた。

ところが、一一月下旬からは連日マイナス十何度、二十何度という猛烈な寒波の下で足止めを食わされる。もちろん何万名もの軍隊が宿泊できるような建物などどこにもある筈がなく、凍り果てた原野の中でのテント生活という状態である上に、北海道以外はそんな猛烈な寒さになることを体験していない日本軍は、それに対応する防寒具の用意さえしていなかった。

そのため、凍傷や感冒、あるいは脚気などの病人がどの部隊でも急激に増えていき、更に衛生状態も悪化したため、腸チフス等の伝染病が発生した部隊もあり、病死者が続出するという状況であった。

日本軍がそのように冬将軍に悩まされる中でも、寒さに慣れているロシア軍は着々と兵力を増強してきたため、前章で述べたように三八年二月下旬から三月上旬にかけて、奉天郊外で両軍全兵力を結集してぶつかり合い、各地で文字通り血みどろな戦いが繰り広げられた。その結果、三月一〇日に到って遂にロシア軍は一斉に敗走を始め、奉天大会戦は日本軍の勝利に終り、そのまま夏を迎える。

やがて、アメリカ合衆国の仲介で両国の間にポーツマス条約が結ばれたため、年末には日本軍も逐次帰国の運びになり、全国各地へ凱旋部隊が帰還して来る。

結果としてこの全戦闘を通じて歩兵第六連隊の戦病死者は一千三百余名、負傷者は三千三百名にも達していた。

また、歩兵ばかりでなく砲兵等として従軍した者や海軍の者も含め、半田町を含む知多郡全体の従軍将兵は四〇三〇名で、その中の戦病死者は四四九名に及び、その中で半田町から出征した者は一七三名で、戦病死者は一七名だった。

この知多郡出身の戦病者に関しては、郡教育会が明治四一年八月に非売品として発行した『知多忠魂録』には一人一ページでその略軍歴が記されている。以下、半田町出身の兵士の記事を、二、三例を上げて見てみよう。

例えば、明治一六年一〇月一八日生まれの小野内十太郎氏の戦死の状況はこのように記されている。

氏出征以来軍務に精励シ　常ニ他兵ノ模範タリシカ、今回沙河付近ノ大会戦ニ参加セラレ　十月十二日未明雨飛ノ敵彈ヲ冒シテ敵陣ニ突入シ、頑強ノ敵ニ多大ノ損害ヲ与ヘ益々壊乱敗走ニ至ラシメ聯隊ハ一挙シテ敵陣地ヲ占領シ尚急進撃中　氏ハ敵彈ノ為ニ咽頭ヲ貫通サレ　名誉ノ戦死ヲ遂ケラレシカ、其ノ動作ノ忠勇壮烈ナル　真ニ軍人ノ本分ヲ完フシタルモノト言フベシ

また、戦死の状況は簡潔だが、平生の行動を称えたものでは、一四年七月一七日生まれの角谷玄八氏の記事がある。

君性温厚　善ク父母ニ事ヘ兄弟ニ友ナリ、其ノ戦地ニアルヤ　毎ニ書信ヲ寄セ父母姉弟ヲ慰藉奨励シ　又能ク衆ヲ愛シ　瑣微ノ俸給ヲ割キ之レヲ内地ニ贈リ　軍人ノ家族ヲ救護セシコト屢々ナリキ　実ニ君ノ如キハ花アリ実アル軍人と言フベシ

続いて、十年八月二日生まれの服部直次郎氏の場合は、

君家ニアルヤ　節倹力行シテ倦マズ　殆ンド廃屋ニ属セシ家ヲ再建シ　常ニ郷党壮者ノ模範トシテ称セラレキ

とあり、一六年五月八日生まれの榊原倉一氏については、

君ノ郷ニ在ルヤ勤学ノ志深ク　常ニ青年会夜学会ニ出席シ　勉学最モ努メテ会員ノ模範
トナリ　頗ル声名アリ

と記されている。これらの記述を読むと、当時の半田町における青年層の日常がよく見えてく

『知多忠魂録』（明治41年）

る感じがする。

南吉の父の場合は一七年四月八日生まれだから、日露戦争開戦の年に徴兵検査を受けたわけで、翌年早々か、戦時中という理由でその年内かに入営している筈である。しかし、三八年春には休戦状態に入ったため戦地に送り出されることはなかったようだが、ここに述べた同郷の先輩諸兄の話は、多少なりと耳にもし、開戦以前に直接何らかの関わりを持った人もいたかも知れない。

そこで南吉に戻ると、彼がこの『知多忠魂録』を読んだかどうかは分からないが、彼が何かの折りに耳にしたこれらの人のことを思いながら第七節を書いたことは、十分あり得よう。

　ついに海蔵さんは、帰って来ませんでした。勇ましく日露戦争の花と散ったのです。しかし、海蔵さんのしのこした仕事は、いまでも生きています。椿の木かげに清水はいまもこんこんと湧き、道につかれた人々は、のどをうるおして元気をとりもどし、また道をすすんで行くのであります。

これで本編は終っているのだが、もしも海蔵さんが戦死しなかったら、帰郷後、皆のために次は何をしただろうか、同じく十太郎さん、玄八さん、直次郎さん、倉一さん……はどうだったろう。そう思うと、戦争そのものの罪深さ、国の責任の重さを改めて考えざるを得ない。

第三章 「和太郎さんと牛」

牛も人も助け合って生きていた頃

この話の主人公和太郎さんも、前章の海蔵さんと同じようにお母さんと二人暮らしだったが、家で飼っている牛に車を曳かせて頼まれた先へ荷を運ぶのが仕事だった。

その牛がどんなに役立つ牛であるかが第一節には詳しく述べてあるのだが、書き出しはその牛のアウトラインを描いている。

牛曳きの和太郎さんは、たいへんよい牛を持っていると、みんながいっていました。だがそれは、よぼよぼの年とった牛で、お尻の肉がこけて落ちて、あばら骨も数えられるほどでした。そして空車を曳いてさえ、じきに舌を出して、苦しそうに息をするのでした。

「こんな牛の、どこがいいものか。和太は馬鹿だ。こんなにならないまえに、売ってしまって、もっと若い、元気のいいのを買えばよかったんだ」

と次郎左ェ門さんはいうのでした。（中略）

しかし、次郎左ェ門さんがそういっても、和太郎さんのよぼよぼ牛は、和太郎さんにとってはたいそうよい牛でありました。

ではそのよぼよぼ牛がどのように「よい牛」かというと、ただよく働くとか重い荷物を運ぶとかではなく、和太郎さんにとっては何とも言えない程ありがたい、特技の持ち主だったからだった。

和太郎さんの家がある、多分岩滑新田だろうと思われる村と半田の町との間に、大きな一本松がある一軒の茶店があった。

その松は牛をつないでおくのに都合がよく、茶店はちょっと一服するのに都合よくできていたから、町へ荷物を届けた和太郎さんが夕暮れ時にここを通りかかると、どうしても足の運びが遅くなって、ちょっと一服したくなって中へ入ってしまう。そうすると、一杯酒を飲みたくなり、二杯、三杯と飲むうちに、一日働いた後の空きっ腹だから酒の回りはうんと早く、たちまち気持よく酔ってしまう。

そうしてほとんど目も開けられなくなった和太郎さんは、送って出て来た茶店のおよし婆さんに牛の手綱を松の木からほどいてもらい、小田原提灯に火を灯して牛車の後の方に吊してもらい、牛に合図して茶店を後にする。

それで牛がおとなしく歩きだすと、「手綱を牛の角にひっかけておいて、じぶんは車の上にはいあがり」、「車からころげ落ちないように、荷をしばりつける綱を輪にして、じぶんのあごにひっかけて」おいて、いい気分で眠ってしまう。

ところが、この年をとったよぼよぼ牛は心得たもので、迷いもせずに村の家まで間違いなく戻ってくれ、「目がさめると、和太郎さんはじぶんの家の庭に」いつの間にか戻っているのだという。賢い牛だから、庭まで来たら足を止めて顔だけふり返り、和太郎さんの耳元で、「モーオーッ」とばかり、目覚まし時計代わりに一声鳴いて主人を起こすのだろう。

それで、あくびを繰り返しながら車から降りた和太郎さんは、何度も「ありがとよ」と言いながら牛をくびきから離してやり、牛部屋へ入れてやって、餌のワラをたっぷり与えてやることだろう。ここだけ江戸時代がまだ続いてでもいるような、飼い主と牛との仲の良さ、温かい信頼関係だ。

古い俳句にこういうのがある。

春風や牛にひかれて善光寺　　一茶

和太郎とあの牛との姿、その心境は正にこの通りだと言えるだろう。

猶遅し祭り戻りの牛の足　幽也
とぼとぼと牛を屏風に野分哉　横凡
牛の行く道は枯野のはじめ哉　桃酔
牛の背に霰はしるや年の市　也有

こういう和太郎さんと牛の一身同体ぶりを、本文第一節のしめくくりでこう記してある。

こんなことはたびたびありました。いっぺんも牛は、道をまちがえて、和太郎さんを海の方へつれていったり、知らない村へひいていったことはなかったのです。

だから和太郎さんにとって、この牛はこんなよぼよぼのみすぼらしい牛ではありましたが、たいへん役に立つよい牛でありました。

もし、次郎左エ門さんのすすめにしたがって、この牛を売って若い元気な牛とかえたとしたら、こんど和太郎さんが酔っぱらうとき、何処で目がさめるかわかったものではありません。十里さきの、名古屋の街のまん中で、酔いからさめるかも知れません。それとも、この半島のはしの、海にのぞんだ崖っぷちの上で目がさめ、びっくりするようなことになるかも知れません。なにしろ、若い牛は元気がいいので、ひと晩のうちに十里くらいは歩くでしょうから。

「和太郎さんはいい牛を持っている」

とみんなはいっていました。「まるで、気がよくきいて親切なおかみさんのような」といっていました。

この冒頭部に「こんなことはたびたび」あったと書かれているが、お母さんがそれを注意したとか、気にしていたとかという記述は全くないから、この「たびたび」の実体は月に一回か二回ぐらいではないだろうか。それは、お母さんがそれを大目に見る程、和太郎さんが普段よく働いていたのだとも言えるだろう。

この岩滑新田の位置は、北の方は県都の名古屋へ十里（約四〇キロ）、知多半島南端の師崎《もろざき》まで約五里（約二〇キロ）ということだから、その和太郎さんが毎日働いていた範囲は、やはり岩滑新田の周辺と半田、亀崎辺りの間にちがいない。このことは第五節の内容の一つの前提になるし、この引用の最後にある「気がよくきいて親切なおかみさん」云々は、次節と大きな関わりがある。

続く第二節では和太郎さんがずっとお母さんとの二人暮らしをしている理由である、「悲しい思い出」が語られている。

和太郎さんも、若かったとき、ひとなみにお嫁さんをもらいました。

今まで、年とった目っかちのお母さんと二人きりの寂しい生活をしていましたので、若いお嫁さんが来ると、和太郎さんの家は、毎日がお祭のように、明るくたのしくなりました。

美しくて、まめまめしく働くお嫁さんなので、和太郎さんも目っかちのお母さんも、喜んでいました。

けれど、和太郎さんは、ある日、おかしなことに目をつけました。それは、ごはんを家じゅう三人で食べるとき、お嫁さんがいつも、顔を横に向けて壁の方を見ていることでありました。

この文中、和太郎さんがこのよく働くお嫁さんの「おかしなこと」に気が付いたのが、お嫁さんがこの家へ来てどれ程経ってからだったかは、「ある日」とあるだけではっきりしない。しかし、現在と違ってテレビはもちろんラジオもない頃だから、三人での食事の間は、もともと会話が少ない家だとしても、互いの顔や様子は当然目に入る筈である。ましてや和太郎さんにしたら、美しい嫁さんの食べ方が気になる筈だから、あれ?と思ったのはかなり早い時期だ

新美南吉『花のき村と盗人たち』（挿画・谷中安規。帝国教育会　昭和18年）より

ったのではないだろうか。

それもあってか、和太郎さんはすぐに嫁さんを咎《とが》めたりせず、十日間その所作が続くのを確かめた上で、嫁さんに食事の席上でそれをはっきり注意するが、理由は返って来ない。

それで二人きりになった時に再度訳を訊《き》くと、お母さんの閉じたきりの目の瞼《まぶた》がめくれて赤くなっているのを見ると、ご飯が喉を通らなくなるからだと言う。そして、和太郎さんが、あれは田の草取り作業中の怪我なのだから大目に見るように言っても、嫁さんは自説を曲げない。

やむを得ず和太郎さんがお母さんの所へ行ってその話をすると、お母さんは「しばらく悲しげな顔」をした後、「そりゃ、もっともじゃ」と言った上で、すぐにこう続ける。

「わしはまえから、嫁ごが来たら、おまえたちのじゃまにならぬように、どこかへ奉公に出ようと思っていたのだよ。それじゃ、あしたから枡半さんのところへ奉公にいこう。あそこじゃ飯焚き婆さんがほしいそうだから」

これがお母さんの心遣いだった。

かつてわが国の農家では、夏場に水田の稲の間に生える稗《ひえ》や雑草を摘み取る作業は、ほとんどその家の女の人の担当だった。その作業中に、見付けた雑草を根元から引き抜こうとして前屈みになったとたん、伸び盛りの穂の穂先で目をやられる事故は本当によく起きたものだった。かと言って、緊急手術などしてもらえる筈もなく、医者にかかること自体見送られ、とりわけ嫁の場合は文字通り泣き寝入りするのがほとんどだった。

和太郎さんのお母さんがいつこの事故に見舞われたかはっきりしないが、多分和太郎さんが子どもの頃に夫に先立たれてしまい、それからは女手一つで育ててきたのだろう。その息子がもらった嫁がそう言うのなら、ここは自分がすっきりと身を退《ひ》くべきだろう、そう決心したお母さんは、この夜仏前でも亡き夫にそれを告げたにちがいない。

つぎの日、年とったお母さんは、少しの荷物を風呂敷包みにして、ひざかりにこうもりがさをさして、家を出ていきました。門先のもえるように咲きさかっているつつじのあいだを通って、いってしまいました。

畑の垣根をなおしながら、和太郎さんはお母さんを見送っていました。お母さんが見えなくなると、つつじの赤が和太郎さんの目にしみました。

和太郎さんは泣けて来ました。こんな年とったお母さんを、いままた奉公させに、よその家へやってよいものでしょうか。せっせと働いて、苦労をしつづけて、ひとりむすこの和太郎さんを育ててくれたお母さんを。

和太郎さんにしても、昨夜は一晩じゅうあれこれと考え続けたにちがいない。その揚句、あんなにきっぱり言うのだから取り敢えずここはお母さんの意志を尊重することにし、遅くとも年内には、できれば秋頃には呼び戻しに行こうと結論づけたのだろう。だから、この日は牛車曳きの仕事にも出ずに、畑の垣根直しをしながら見送ることにしたわけだが、それによって新たな選択をすることになった。

和太郎さんは大急ぎで駈けて行ってお母さんを連れ戻すと、数日前から一度里帰りをしたいと言っていた嫁さんに今すぐ行くようにすすめ、喜んで出かける彼女に対し、ここへはもう帰って来なくてよいと宣告をし、それからは元の静かな二人暮らしに戻っていく。

こういうわけで和太郎さんは、「美しくて、まめまめしく働くお嫁さん」と複雑な思いで別れた後、何度か縁談が持ち込まれたりした。そして、時にはふっと、もう一度嫁さんをもらおうかという気に傾いたこともあったのだが、あの美しい嫁さんが食事の度にじっと見ていた壁の方に目が行くと、「やっぱり止めよう」と考え直すのだった。

だから、お母さんにしても、和太郎さんが月に一、二度ひどく酔っぱらって、牛のおかげでうちへ戻って来ることがあっても、その度に、独り身を通している孝行息子の心の裡《うち》を思いやり、そのくらいの憂さ晴らしはして当り前と、黙って受け入れて来たにちがいない。

こうして、母と息子と牛とが互いに支え合う穏やかな暮らしを、十年、二十年と続けてきた和太郎さんだったが、その心の奥に一つの願いが芽生えて来ていた。

しかし、お嫁さんをもらわない和太郎さんは、ひとつ残念なことがありました。それは子供がないということでした。

お母さんは年をとって、だんだん小さくなっていきます。和太郎さんも、今はおとこざかりですが、やがてお爺さんになってしまうのです。牛もそのうちには、もっと尻がやせ、あばら骨がろくぼくのようにあらわれ、ついには死ぬのです。そうすると、和太郎さんの家はほろびてしまいます。

お嫁さんはいらないが、子供がほしい、とよく和太郎さんは考えるのでありました。

この文で第二節は終り、続いて後半は正に山あり川ありの展開となる。

続く第三節では、この和太郎さんと牛のペアをめぐって沢山の村人が捲き込まれる事件が起きるのだが、その前触れになる珍事があったのは、まことにのどかな夕方のことだった。

百姓ばかりの村には、ほんとうに平和な、金色の夕暮をめぐまれることがありますが、それは、そんな春の夕暮でありました。出そろって山羊小屋の窓をかくしている大麦の穂の上に、やわらかに夕日のひかりが流れておりました。

和太郎さんは、よぼよぼ牛に車を曳かせて、町へいくとちゅうでした。

和太郎さんは、いつも機嫌がいいのですが、きょうはまたいちだんとはれやかな顔をしていました。酒樽を積んでいたからであります。

その数本の酒樽は、隣村の造り酒屋から、半田の町にある酢作りの店へ届けるように依頼された物だったが、樽の中味は酒そのものではなく、酒を造る時に大樽の底に溜る乳白色のドロドロな滓《かす》だった。

その主な成分は酒麹で、酢を作るにはこれが重要な材料だった。半田では江戸時代から清酒や食酢、醤油などを造る産業が盛んだった上、明治になってますます需要が伸びていた。そのために和太郎さんの所へもこんなありがたい仕事が回ってきたのだった。

そこで、和太郎さんは大いに張り切って半田目指して出発し、牛独特のゆったりした歩みを急《せ》かすこともなく進んできたのだが、牛車の車輪が鉄製だったために、道路にちょっとした凹凸があっても、ガタン、ゴトンと音を立てて、上下や左右にかなり強く揺さぶられた。

その度に積荷の樽はドボン、ザブンという鈍い音と共に、うまそうな酒独特の匂いを撒《ま》き散らす。だから、牛に寄り添って手綱を握って歩いている和太郎さんは、春の温かな陽気のせいもあり、知らぬ間に鼻唄を歌いながら、いい気分で歩いていたにちがいない。

ところが、そうやって歩いている途中、いきなり「ポン！」と弾むような音がしたかと思うと、一本の樽の鏡板が車の外へ飛んで行った。しかもそこが坂道で車は斜めにかしいでいたから堪《たま》らない。樽に詰まっていた白い滓が溢れてザーッと流れ出した。

びっくりした和太郎さんは、慌てて牛に「ボウ、ボウ」と声をかけて歩みを止めさせたが、蓋が消えた樽は手の施しようがなく、ある程度溢れ出た後は滓の流出も一段落した。

間もなく、道路のくぼみに溜ったトロトロの滓から立ち昇る強烈な匂いに吸い寄せられた村人たちがあちこちから集まって来た。そして口々に思い思いの言葉を出していたが、その何人もが言った「もったいない」の声に思い付いた和太郎さんは、急いで牛をくびきから外し、地面に溜っている滓のそばへ連れて来ると、そっと牛に言った、「そら、なめろ」

牛は、滓の上に首をさげて、しばらくじっとしていました。それは匂いをかいで、これはうまいものかまずいものかと、判断しているように見えました。

見ている百姓たちも、息を殺して、牛は酒を飲むか飲まないかと考えていました。

牛は舌を出して、ぺろりと一なめやりました。そしてまたちょっと動かずにいました。口の中でその味をよくしらべているに違いありません。

見ている百姓たちは、あまり息を殺していたので、胸が苦しくなったほどでありました。

牛はまたぺろりとなめました。そしてあとは、ぺろりぺろりとなめ、おまけに、ふうふうという鼻息までくわわったので、たいそういそがしくなりました。

「牛というもなア、酒の好きなけものと見えるなア」

と村人のひとりが、ためいきまじりにいいました。

ほかのものたちは、自分が牛でないことをたいそうざんねんに思いました。

一カ所舐《な》め終えた牛は自分から次の溜りへ移動し、和太郎さんが言う、「一生に一度の恩返しだから、酔うまで舐めろ、今日はおれが世話をしてやるぞ」と言う声を背に、間もなくすっかり舐め尽す。それで和太郎さんは牛を再びくびきに付け、残っている数本の樽と蓋が取れて半分近くに減った樽とを酢屋へ届けるため、またゆっくりと歩き出す。

青い夕影が流れて、そこらの垣根の木苺の花だけが白く浮いている道を、腹いっぱいたべた牛と、ひごろの御恩を返したつもりの和太郎さんが、ともに満足を覚えながら、のろのろと行きました。

そういう足取りで何時頃町の酢屋に着いたか分からないが、ともかくこの日の勤めをすましての帰り道には、あの一本松と茶店とが和太郎さんを待ち構えていた。

「今日こそは絶対にあの店へは寄らないぞ」と、固く心に決めていた和太郎さんだったが、その前を通り過ぎようとしたとたんに、いつもの通り「ちょっと一服するぐらいなら」という言い訳を口にしながらつい足を踏み入れてしまう。その時本人は意識していなかったかも知れないが、夕方あの滓を喜んで舐めまくる牛を見ながら、自分も並んで舐めたかったのを我慢したそのわだかまりが、彼の背を押したのかも知れなかった。

そしてこの先はブレーキが利かなくなるのは明白で、いつものようにすっかり酔った和太郎さんは、茶店のお婆さんに小田原提灯をしっかり車に付けてもらったものの、いつもと違って、太い長い鼻息を吐きながらべったり寝そべっていた牛を、立ち上がらせるだけで和太郎さんは四苦八苦する。

　牛にしても、その頃には四つの胃袋全部に酒の滓が行き渡り、アルコール分が全身の血管を駈け回っている状態だったから、立ち上がらねばとは思っても、四本の足がさっぱりまともに動こうともしなかったのだろう。それでも牛も一生懸命頑張って立ち上がり、同じように酔っぱらった和太郎さんと共に、仲良く家に向かって出発する。

いつも茶屋のおよし婆さんは、和太郎さんが出発してから、かなり長いあいだ、和太郎さんの車の輪が、なわて道の上に立てる、からからという音を、きいたものでした。それが、その日は、じき聞えなくなってしまいました。変だとは思いましたが、婆さんは、あまり気にもとめませんでした。なにしろ、牛飼と牛と両方が酔っぱらっているのですから、どこへ行くのやら、何をするのやら、わかったもんじゃないからです。

縄手道《なわて》（または畷道）というのは田と田の間にある長い道のことで、半田から岩滑新田の方向に向かってそういう道が伸びていた。だからおよし婆さんはいつも和太郎が帰って行く時は、その道を行く牛車の音が遠ざかるのをじっくり確めた上で店へ戻ることにしていたのだった。それで、この晩、その車輪の音がすぐに消えたのは、明らかに脇道へ外れたことを示していたのだが、婆さんは深くは関わらないことにしたのだった。

その夜、お母さんは、和太郎さんの帰りがいつもより遅くなっても、きっとあの店で長引いているのだろうと、夜なべをしながらじっと待っていた。しかし、どんなに遅くても必ず帰って来た一一時を過ぎてもさっぱり車の音が聞こえないため、待ちきれなくなって門口までちょっと出てみた。

よい月夜で、ねしずまった家々の屋根の瓦が、ぬれて光っていました。道はほの白く浮かびあがり、遠くまで見えていました。けれど遠くにも和太郎さんの車のかげはありませんでした。

やがて、心配で堪らなくなったお母さんは、村の派出所へ行ってお巡りさんに捜索を頼んでみたが、全く相手にしてくれない。仕方なく一旦は家へ戻ったもののどうにもじっとしておられないお母さんが、再び押し掛けて行って粘った結果、お巡りさんもとうとう重い腰を上げ、青年団に召集をかけてくれた。

青年団というのは、江戸時代から明治中頃までは若者組とか若衆組などと呼ばれた、

『花のき村と盗人たち』より

村々の十代後半の男子の自主的な集まりで、自分たちの親睦や団結心を強めると共に、村の指導層の意向を受けて、各集落の防犯、防火に尽す外《ほか》、伝統的な祭りの働き手になってきた組織だった。それが青年団と呼ばれるようになったのは明治二〇年代からで、特に日露戦争後は町村単位な公的なものになっていた。

だから村の駐在さんの呼び出しがあれば夜の一時、二時でも駈け付けて来るのは当然で、さては何十年振りの事件発生かと面白がってやって来た男たちも数人いた。そこでどこを捜すかの相談になり、一人の老人が、四十年程前にやはり行方不明になった一文売りの男を皆で捜したら、村の南隣りの武豊町にある六貫山で、キツネに化かされて泉に浸っていたという体験談を紹介したため、その時と同じように鳴物をいろいろ用意してから出かけることになった。

そうして揃った鳴物は、お寺の鉦《かね》をはじめ「火の用心」の夜回りが持って歩く太鼓、吉野山参りの時に吹き鳴らしたというホラ貝、青年団の行進用のラッパ等だった。こんな風に揃ったところで、一同は手に手に提灯を持って山へ入って行き、それぞれの鳴物をあれこれと苦労をしながら鳴らしたり、和太郎さんの名を呼んだりしながら山の中を探して歩いた。

みんなはあちこちと探しまわりましたが、おなじ谷をなんども下りたり、おなじ藪になんどもはいったり、おなじ池をなんどもめぐったりしましした。これではまるで、自分達が狐にばかにされているみたいだ、などと思いながら、みんなは十ぺんめにまたおなじ池をぐるりとまわりました。

とあるところを見ると、この山中捜索にはお巡りさんは同行しなかったらしく、一行が歩き回った範囲も、暗闇の中で足元をぼんやり照らす提灯だけでは当然視野もきかないから、六貫山どころか、余り遠くない山の中を歩き回っていたのにちがいない。

もう、池の面が、にぶくひかっていました。その時、池の向こうの藪で、年とった鶯がしずかになきましたので、みんなは、やれやれ朝になったかと思いました。そこで村に帰りました。

という、山水画でも見ているような表現で、第五節は終っている。そして当然この後どのようにして和太郎さんに会えたのかに移るのだが、その前に少し寄り道をして行きたい。

実は南吉は本編執筆の二年前、安城高等女学校勤務三年目の昭和一五年四月上旬、「百牛物語」と題する牛を扱った連作集を書き始めたが、三作だけで中断している。その第二作「ヤタ村の牡牛」が本編と多くの類似点を持っているので、ここで簡単に紹介しよう。

ヤタ村に住む一七歳の若い牛飼いが村の松山で珍しい茸《きのこ》を見つけ、それが踊り茸だとは知らずに家へ持って帰り、その夜、自分の牡牛に食べさせてみる。すると「牛は間もなく牛部屋の中で踊り出し」たかと思うと、「一升のんだ酔いどれのように手に負えなく」なり、「遂に外へうかれ出し」たため、牛飼いは闇夜のまっ暗な中を浮かれて行く黒牛を見失わぬよう、懸命に後を追って行く。

牛は道ばかりを歩いてはいなかった。道をそれて畠の中にはいったり、川の浅瀬をわたったり、同じとこをぐるぐる回ったり、又何か憶い出したように道へのぼったりした。又同じ速度でいくのでもなかった。一つところにぐずぐずと足踏みしてるかと思うと、風のようにさあっと一町ばかりつっぱしることもあった。

チー半島の西海岸にヤタ村は面していたが、半島の東側には、丁度ヤタ村と対照的な位置に私達のヤナベ村があった。私達のヤナベ村に、ヤタ村の牡牛と牛飼いがはいったのは午前零時半であった。村にはいるや間もなく、あまりに草臥れていた牛飼いは、牛より先にくたばってしまって、牡牛を見失った。

私達の村は夜更かしのきらいな村なので、もうすっかり寝しずまっていた。ただ一軒をのぞいては。それは近頃突然出来てしまって村の悩みの種になっているカフエー・ウメダヤであった。

そのウメダヤへいきなり牛が入って来たため、唯一人いた客の銀太郎君は度肝を抜かれて表へ飛び出し、女給は悲鳴を上げて奥へ逃げ込み、既に寝ていた主人が店へ出て来て牛を発見する。

主人は度胸がよかったので「やあい、手前なんかの来る所じゃねえぞ、出て失せやがれっ」と怒鳴りつけた。

ヤタ村の牡牛はもうその時は酔いがさめて正気に帰っていた。で彼は自分が財布を持ってないことを素直に認めたのだろう、すごすごと外に出て闇の中に姿を隠してしまった。

一方、カフエー・ウメダを飛び出した銀太郎君は、五十米ばかり無我夢中で走ったが、ただ走ったってつまらないと気がついた。適当な手段を講じなければならない。

というわけで、銀太郎君は皆からの信望の厚い青年団の団長に知らせる。それを聞いた団長は、すかさず非常召集のラッパを吹き鳴らす。真夜中にも拘らず跳ね起きた団員たちは服装を整えて懐中電灯を持って駈けつけて来、消防隊もやって来て、「そして大がかりな牛狩りが始まった」と書かれているが、彼等がどんな行動をとったかは記されていない。

青年団員でも消防隊員でもない樽屋の佐次郎君が「カフエー・ウメダヤの前」で牛を発見し、「私達の村のすぐれた牛飼い和五郎さん」が牛を捕えて、この騒ぎはあっけなく終るわけで、後始末があれこれと書かれてこの作品は閉じられている。

以上のようなあらすじでも窺えるように、この小説「ヤタ村の牡牛」は未完成作と言わざるを得ないが、だからこそ本編の構想を練る段階で南吉はこの作品の活用を思い付いたのだろう。

その第一点は主人公を勝手知ったる岩滑の牛車曳きにし、その名前は和五郎から貰って和太郎にする。第二点は牛を酔っぱらわせる方法をもっと現実味の濃いものにし、それには車で運ぶ荷を工夫する。それがうまく設定できれば、牛車曳きを酔っぱらい癖の男にすることで、人も牛も共に酔っぱらえばどこへでも行く展開が可能になる。第三点は青年団に具体的に行方不明者の捜索の初体験をさせることで、そのためには駐在のお巡りさんに出て来てもらう必要があるが、結局は見つからなかったことにすればその後の展開を面白くできる。

というわけで、本編第五節まではこの構想の上に立った展開になり、いよいよ第六節になり、何の手掛かりも得られないまま、くたびれ果てた一行は巡査駐在所の前でへたり込む。

すると西の方の学校の裏道を、牛車がいちだいやって来ました。もう仕事にいくのかと、みんなはぼんやりした目で見ていました。

牛車が駐在所の前を通るとき、乗っていた男が、

「おい、お前ら、朝早いのう。きょうは道ぶしんでもするかえ」

といいました。

見たことのある男だと思って、みんながよく見ると、それが和太郎さんだったのです。

「何だやい。おれたちア、お前を探して夜じゅう、山ん中を歩いておっただぞイ」

と亀菊さんがいいました。

「ほうかイ。そいつアごくろうだったのオ」といって、和太郎さんは牛車から下りもせずに、家の方へいってしまいました。

一晩じゅう山の中を歩き回って探した当の相手に、こんなあっけらかんとした態度をとられて皆が憤慨したのは言うまでもない。

その和太郎さんは、間もなく押しかけて来た村の人たちに平謝りに謝るのだが、どこを歩いていたのかと、何度訊かれても
「どこだか、はっきりしねぇだ、右へかたむいたり、高いところにのぼったり、低いところに下りたりしたことをおぼえているだけでのォ」

と本人も困り切っている。

ところが、ここでお巡りさんが「無灯で歩いとったのか」と確かめたのがきっかけで、牛車にくくり付けてあった小田原提灯の下半分がちぎれていることが分かり、車も牛も和太郎さんの着物も、どれもがズブ濡れになっていたことが確かめられた上に、和太郎さんの懐からフナや亀の子やゲンゴロウなどが出て来たため、どこかの池の中を通ったことが明らかになる。

更にそればかりでなく、牛の前足の爪の割れ目に黄色い珍しい花が一房挟まっていたことから、夜中にどこを歩いていたかが一挙に解き明かされる。

「そりゃ、えにしだの花だ。えにしだはこの辺にゃめったにない。まァず、南の方へ四里ばかりいくと、ろっかん山のてっぺんにこのえにしだの群がって咲くところがあるげな。

そして、ろっかん山の狐は月のいい晩なんか、そのかけで胡弓をひくまねなんかしとるげ

なが」

と植木職人の安さんがいいました。

和太郎さんはしかたがないので、

「面目ないけンが、どうやら、そこへも行ったらしいて。ばかにりっぱな座敷があってのう、それが、畳もふすまも天井も、みんな黄色かったてや。そういえば、耳のぴんと立った太夫が一人ござって、胡弓を上手にひいてきかしてくれたてや。じゃあれがあれが狐だったのかイ」

という和太郎さんの言葉で、皆が抱いていた疑問は、最初にどこを探そうかと相談した時に富鉄さんが四〇年前の一文売りのことだと言っていた話と結び付いて皆は納得する。

これとよく似たキツネの話は全国各地に伝わっており、南吉はその他愛ない民話をこの時点での現実の出来事として物語化したわけで、しかも三年前に自分が作品化した懐しい胡弓弾きともからませているところが心憎い。

『花のき村と盗人たち』より

しかもこの後にもう一つ重要なおまけが付いてくる。それは、牛車の上に小さな籠が載せてあり、その中に花束と一緒に丸々と太った男の赤ん坊が入っていたことで、どこの子かも、いつ載せられたかも、和太郎さんにはこれまた何の記憶もなかった。

その場にいた誰にも心当りがなく、取り敢えずこの子は捨て子の扱いにするというお巡りさんの提案でこの場は収まり、「天から授かったのじゃあるめえか」と言う亀徳さんの言葉を受けて、和太郎さんのお母さんが喜んでいそいそと家に抱いて入った。そして結局定まった日まで親だと名乗る者は現われなかったため、和太郎さんが正式に親になってこの子に和助という名を付け、天からの授かりものとして育てていく。

和太郎さんが心に永い間温めていた願いは、思いもよらぬこんな形でいとも鮮やかに叶えられたわけで、これもこのよぼよぼ牛のおかげだとばかり、和太郎さんはますますこの牛を大事にしただろうし、あの一本松の茶店に寄っても以前のようにへべれけにはならなかったのではないだろうか。和太郎さんのお母さんも最高のお祖母振りを発揮したのも言うまでもないだろう。

村の人たちもその一家の様子を見るにつけ、牛が天神さまのお使いであることや、牛は仏様の分身だという伝承などと結び付けて、心から納得し合い、この不思議な一日の出来事を折りにふれて思い出したことだろう。

その中にただ一人、かつて東京で少し暮らした経験を何かにつけて鼻にかける次郎左エ門さんだけは、「そんな理屈に合わん話が今時あるもんか」と、利口者らしく言い続けたが、和太郎も一歩も譲らず、胸を張って言い返した。

「世の中は理屈どおりにゃいかねえよ。いろいろ不思議なことがあるもんさ」


そして、この後次のような文で終る。

……小学校がすむと和助君は和太郎さんのあとをついで立派な牛飼になりました。そして、大東亜戦争がはじまるとまもなく応召して、今ではジャワ島、あるいはセレベス島に働いていることと思います。和太郎さんは、だいぶお爺さんになりましたが、まだ元気です。

お母さんとよぼよぼ牛は一昨年なくなりました。

この和太郎さんのお母さんと牛が亡くなったのは、共に天寿を全うしたものと言ってよいし、和太郎爺さんにはまだまだがんばってもらわねばならない。

ところで、この時、和助君が行っていた二つの島だが、現在はどちらもインドネシアに属しているものの、昭和一六年一二月八日に日本が戦争を始めた時は、どちらもオランダ領だった。だが、ここは石油の産地だったから、この戦争でアメリカやイギリスから石油が輸入できなくなったわが国は当然ここに目を付けて、開戦約三カ月後シンガポールを守っていたイギリス軍を降伏させると、直ちに鉾先をジャワ島とその周辺の島々に向けた。

そして、三月一日ジャワ島に上陸してオランダ軍に攻撃を開始すると共に、守備の手薄なスマトラ島とセレベス島（現・スラウェシ島）の油田地帯を陸軍と海軍の落下傘部隊がパラシュートで降下して占領し、一週間後にはほとんど戦闘も行わないままオランダ軍が降伏したため、インドネシア全島が日本の統治下に入った。

その駐留部隊の中に半田出身の将兵も含まれていて便りも届いていたらしく、その一人である、南吉が親しくしていた中山家の次男で、当時ジャワ島のバンドンに駐留していた文夫氏に町が送った慰問袋に、「和太郎さんと牛」の中に君のことを書いておいた、という意味の南吉からの手紙が入っていた（中山文夫『私の南吉覚書』、二〇〇五）そうである。

実は、この作品は「うた時計」などと違って、執筆年月日がはっきりしていないのだが、この記述によって、昭和一七年の三月以降の比較的早い時期だろうという絞り込みがまず可能になる。その作業に向けて、まず、牛に対する南吉の関心の強さを確かめておこう。

牛や馬は、戦前は農耕用ばかりでなく運搬用にも、今日では信じられない程多く用いられていたから、南吉も幼い頃から毎日身近に見ていたわけで、中学生時代に作ったスケッチ風な童謡等にも、何編も登場している。

だが、その身近な牛を創作の対象として意識的に細かく観察するようになったのは、やはり数年間の東京での生活を経た後と考えられ、その萌芽と見られるものに、昭和一一年一一月三〇日付の俳句がある。

小春日や牛の草鞋が落ちている

大牛の草鞋とりかへる日当《ひなた》かな

これは、この年の春、東京外国語学校（現・東京外国語大学）を卒業はしたものの、一〇月に喀血したため一一月に家に帰って来て、静養の日々を送っていた中での寸景と見てよく、牛も草鞋を履くのだという発見に加えて、履かせる曳き手の心遣いへの彼の目も滲み出ている。その思いはずっと持ち続けられる。

その結果、二年後にはこんな俳句になっている。

牛部屋を牛曳きだされ草に霜

牛老ひて冬の陽ざしのしみらなる

この老牛の句は一三年の一二月二八日の作だが、間違いなく和太郎さんの牛そのものと言ってよい。

その二カ月半後、一四年二月作の詩「牛」も、明らかにその延長線上にあると思われるから、かなり長いがそのまま載せておこう。

牛

牛は重いものを曳くので
首を垂れて歩く

牛は重いものを曳くので
地びたを睨んで歩く

牛は重いものを曳くので
短い足で歩く

牛は重いものを曳くので
のろりのろりと歩く

牛は重いものを曳くので
静かな瞳で歩く

牛は重いものを曳くので
首を少しづつ左右にふる

牛は重いものを曳くので
ゆっくり沢山喰べる

牛は重いものを曳くので
黙って反芻している

牛は重いものを曳くので
休みにはうっとりしている

この牛もどうやら若くはない感じで、黙々と大地をしっかり踏み締めて歩む牛の姿を、じっと見詰めている南吉の目の温もりがよく伝わってくる。

その一方でもっと若い元気な牛を詠んだ、この「牛」の詩を書いた半年前か後かの夏の句もある。

日盛りや汗せる牛に追いこさる
夏野ゆきたゞ牛飼とあひにけり
日盛りや車のわだちはづれたる

このような牛への思いが積もり重なった揚句、一五年四月には前掲「ヤタ村の牡牛」を含む「百牛物語」を書き始めたのだが、時期尚早だったらしく意に満たぬままお蔵にせざるを得なかった。

それからほぼ一年後、一六年三月一二日に彼は安城高女の遠足で、生徒を引率する形で岡崎市の岩津天神へ行き、牛の玩具を買って来ている。

ここはその名の通り学問の神さまとして知られる菅原道真を祀った神社だから、学校の遠足先としても親しまれていたが、南吉がここを訪れたのはこれが初めてだったらしい。

道真は丑年丑の日の丑の刻に生まれたところから牛を深く愛しており、太宰府へ行く途中にも牛によって危機を脱したこともあった。そのせいだろう、遺言にも、自分が死んだら遺骸は牛車に乗せて牛の行くままに任せよとあったため、その通りにして牛が動かなくなった場所に葬って、そこが安楽寺になったと言われており、『北野天神縁起』にはその絵も描かれている。

この説話を生徒と共に社前で聞いたか、あるいは事前学習で知ったかした南吉が、日頃見る牛への親しみを込めて、売店で売っていた牛の玩具を買うことにしたのではないだろうか。本編締めくくりの「世の中には……いろいろ不思議なことがあるもんさ」という科白《せりふ》は、ひょっとしたらこの玩具が南吉にそっと教えてくれたのかも知れないが、それはこの遠足から一年も後になる。

この四月には腎臓病で床に就き、やがてそれも治ったように見えたが、七月に入ると再び体調が思わしくなくてしきりに死を考えるようになる。それでも秋には復調の兆しが見えてきたため、父から折りにふれて思い出話を聞いてメモをとったりし、一一月には「うた時計」を書いたりする。

だが、それも束の間、年末から正月にかけて尿に何度も血が交じったりしたため病院通いをして静養に努め、三月に入っていくらか落ち着いてきたところで、童話の創作に夢中になる。その一連の活動の中に本編の執筆も含まれるのだが、その最もはっきりと発火点になったのは四月六日の父の言葉だったろう。

牛はシッというと進む。ぼうというととまる。ちょうというとまがる。
牛は三才まで年令をいう。あとはいわない。よぼよぼになるまで使うつもりなら三十年でも使える。父の話。

どのような状況で多蔵さんがこんな話を語り出したかは分からないが、恐らく牛と牛車曳きの物語の構想を温め始めていた南吉が、父の閑《ひま》そうな時を見計らって、さり気なく探りを入れてみたのではないだろうか。

そして、父から聞き出したこの言葉を軸にして、あのヤタ村の若い牛をこの村のよぼよぼ牛に替え、若い牛飼いもこの村の少々一徹者の牛車曳きにした上で、実際にキツネが沢山いる六貫山をヤマ場の舞台にしたらどうだろうなどと、少しずつ詰めていったにちがいない。

そのようなストーリーや登場人物に関わる吟味とは別に、四月上旬の日々の明け暮の中で彼の心を惹き付けてやまないものがあった。

月夜に畑に白く見えるもの、雪柳、いすらの花。(四月三日)

がばっと音がして池の中央で鯉が跳ねた。しんちゅう色に腹がひかった。

れんぎょうのたくさんある家は花ざかりの今どき、庭が明るくなっている。(同)

若松林にさしこむ入陽。(同)

曇り日、咲ききった桜の花が底光りをはなつように見える。(同)

馬酔花。(四月六日)

池がこんなに、空の夕映をうつくしくうつしたことははじめてだった。(同)

一週間くらいまえから梨畑に花が咲いている。とおくから見ると花の白と、芽のもえぎがとけあってたいそうよい。(同)

松林のなかの山羊。（同）
若松の梢の新芽はうすい黄金色に光っている。（同）
朝ゆく道のそばのはたけにえんどうの花を見つけた。夜、井戸端に山吹の花を見つけた。（四月九日）
ねぎの花。大根の花。茱萸の花。雨にふられて咲いていた白つつじの花。自然は何とふんだんに花を馳走してくれることか。（同）

南吉が自分を取り囲む自然の四季折り折りの美しさを賞《め》でる、このように細やかな感覚が、本編や「牛をつないだ椿の木」をはじめ全作品の根底にあったことは、今更言うまでもない。そこで改めて気になるのは、右の引用はもとより彼の日記に一度も出てこなかったエニシダの花が、何故本編で突然登場したのかという疑問である。

この草は北アフリカ及び南ヨーロッパが原産で、わが国へは鉄砲や切支丹文化の渡来に伴ってやって来た帰化植物の一種だった。したがって気候温暖な南知多に自生していた可能性は十分にある。ただし、ヨーロッパではエニシダには聖母マリアと夫ヨセフにまつわる有名な伝説があり、そこから発した興味深い伝承がある。

エニシダはその細い枝を集めて箒《ほうき》に用いられ、伝承では各地の魔女たちが闇の集会に赴くときにまたがって飛ぶ箒はこのエニシダの枝で作ったものだという。事実、英語ではこの花のことをスコッチブルーム、略称ブルームと言い、それは箒を指す単語でもある。

東京外国語学校（現・東京外国語大学）英文科卒である南吉が、この魔女の伝承を知っていたのは明らかで、それを意識してここにエニシダを登場させたことは疑う余地がない。つまり、和太郎さんと牛がケロッとした顔で皆の前に現れたのも、本人が知らぬ間にその箒の力で新田まで運ばれたからで、赤ん坊もその籠に添えてあった花束も実は魔女からのプレゼントだったと考えれば十分つじつまが合う。

しかし、それを作中に明らかに書き込むには二つの難点があった。その一つは余程うまく組み込んだとしてもこの土地には馴染まないし、第二に当時は欧米各国を相手に戦争をしている最中だったから、エニシダという花を登場させるのが限度と思われる程、官憲の眼は厳しかった。

だからこそ、キツネの伝承で話をまとめ、和太郎さんの「いろいろ不思議なことがあるもんさ」で煙に巻いたのだった。

本編は、このような事情を秘めながらも、この後、何ともおぞましい結末となる戦争に向かう以前の、凡《あら》ゆる生き物が明るく生き抜いて行こうとしている農村の状況を伸びやかに描いた、生命の讃歌にほかならなかった。

第四章　「おじいさんのランプ」

ランプへの思い、それぞれに

この「おじいさんのランプ」も、「牛をつないだ椿の木」や「和太郎さんと牛」等と同じように、明治の終り頃に岩滑新田に住んでいた一人の男の物語である。

ただ作品全体の構成が他とは大きく異っている。つまり、現在本屋の隠居である老人が、孫である小学生の男の子が自分のこれまでの歩みがぎっしり詰まった竹筒作りの台ランプを、戦争ごっこの玩具として使いそうだったため、その子にランプにまつわる自分の思い出を語り、そのことへの自分の今の心境を語るという経緯が、作品の前段と後段に枠のような形で述べられている。

しかし、本章では敢えてその前段を飛ばして、いきなり本文の検討から入ることにしたい。その本文の書き出しはこうなっている。

今から五十年ぐらいまえ、ちょうど日露戦争のじぶんのことである。岩滑新田の村に巳之助という十三の少年がいた。

この少年が主人公で、日露戦争の頃に数え年十三歳のこの少年の名が生まれ年に因んだものだとすれば、巳年は明治二六年であり、日清戦争は赤ん坊の時だったが、日露戦争が終った年には、ぴったり十三歳だった。

既に何度も本書でも見たように、日露戦争の相手である帝政ロシアは、当時ヨーロッパを代表する軍事大国として知られており、陸軍は勇猛果敢なコサック騎兵に加えて最新式の兵器を完備しており、海軍は世界最強と自他共に認めるバルチック艦隊がヨーロッパから一年がかりの航海をものともせず日本近海に近づきつつあった。

そのため、この岩滑新田からもかなりの人数の男たちが出征していたから、老いも若きも男女を問わず戦況の推移に強い関心を寄せていた。その結果、三月にはまず陸軍が奉天で勝利し、四月末には海軍がバルチック艦隊を全滅させたという報《しら》せが届いた時は、誰もが心の底から歓呼の声を上げ、国じゅうが湧いたものだった。

巳之助にしても、周囲全体に立ち込めている高揚した気分のうねりに知らぬ間に巻き込まれ、わくわくする気分を抑え切れなかっただろう。この後物語の展開につれて次々と明らかになってくるように、彼は、鋭い感受性と回転の速い思考力、しかも思い切りのよい行動力の持主だったから、同年齢の子らより何倍も強い刺激を受けていたにちがいなかった。

この日露戦争の後、世界の多くの国々で、長い鎖国からやっと開国して間もないアジアの端の小っぽけな国が、白熊のような超大国に立ち向かっていって、よくも打ち負かしたものだと言われたものだが、巳之助の境遇も似たようなハンディを背負っていた。

彼は実は孤児だった。

> 巳之助は、父母も兄弟もなく、親戚のものとて一人もない、まったくのみなしごであった。そこで巳之助は、よその家の走り使いをしたり、女の子のように子守をしたり、米を搗いてあげたり、そのほか、巳之助のような少年にできることなら何でもして、村に置いてもらっていた。

と書かれているが、このような境遇の少年が当時岩滑新田に実際にいたかどうかは、明らかではない。

現在このような両親のいない子は、法律によって地方行政機関が運営管理する児童福祉施設で養育されることになっている。だが、救護法という名でこの種の法律がわが国にできたのは、昭和四年になってからだったから、巳之助が該当しなかったのは当然だった。

右の引用文には記されていなかった彼の居場所は、もっと後に書かれていることによると、彼は、何歳からか不明だが、区長の自宅の納屋で寝起きしていたようで、そこから年齢に応じていろいろ頼まれた手伝い仕事をしていたわけだが、それも何ら問題にはならなかったし、学校へも行かなかったようだが、それも大目に見られたのかも知れなかった。

ただし、この頃既に名古屋ではちゃんとした児童福祉施設が活動を行っていた。それは、明治一九年九月に、同市在住の荒谷順、森井清八の二名によって市当局へ申請があった愛知育児院で、南山寮と名付けられた収容施設は、当時は愛知郡だった御器所村（現・名古屋市昭和区）広路で同年一〇月に公式に運用が始められ、同四二年四月に寮舎が新築された時には、男女合わせて百十一名が入寮していた。

これは全国的に見ても東京や岡山に並ぶ早い動きであり、この名古屋の愛知育児院の後を追うようにして、豊橋にも東海育児院が作られて運用を始めていた。そう考えると、岩滑の区長が巳之助を引き取って育てることにしたのは、名古屋や豊橋でのこのような動きに啓発されたためだったかも知れない。

では、当の巳之助本人は、自分のそのような毎日の暮らし方をどのように見ていたのだろう。

けれども巳之助は、こうして村の人々の御世話で生きていくことは、ほんとうをいえばいやであった。子守をしたり、米を搗いたりして一生を送るとするなら、男とうまれた甲妻がないと、つねづね思っていた。

男子は身を立てねばならない。しかし、どうして身を立てるか。（中略）

身を立てるのによいきっかけがないものかと、巳之助はこころひそかに待っていた。

これが巳之助の根性だった。誰に教えられたものでもなく、自分の胸の奥から湧き上ってくる熱い思いだった。

ただし、この「身を立てる」という言葉自体が全国に広まった原因の一つに、卒業式でよく卒業生が「蛍の光」に応える形で一斉に歌う、「仰げば尊し」がある。その二番の歌詞はこうである。

互いにむつみし　日ごろの恩
わかる後にも　やよ　わするな
身をたて　名をあげ　やよ　はげめよ
今こそ　わかれめ　いざさらば

これは明治一七年文部省によって編集された『小学唱歌』に載せられたもので、立身出世という表現を用いて明治から昭和にかけて、青少年の生活信条として広く用いられた言葉だった。

だが、この時期巳之助の思っていた「身を立てる」意識は、出世や名声と結び付いたものではなく、もっと素朴に、これまでと違った達成感が得られる仕事、短く言えば一人前の仕事を全力でやりたいというような意欲だったらしい。

彼のその願いは間もなく天に届いたらしく、夏のある昼下り、村の人力車夫の一人から先綱曳きをやってみないかと声がかかる。彼が誘われたのは辺りに適当な若者がいなかったからかも知れないが、その仕事に耐えられそうな体つきをしており、がんばりやらしい面構えも多少はしていたからだろう。

行先は、およそ三里（約一二キロ）離れた知多半島西岸の大野で、名古屋から来た潮湯治（海水浴）に行く客を運ぶ仕事だった。この街道を行き来する人力曳きの仕事については、既に「牛をつないだ椿の木」の章などで少し述べたが、この時巳之助に先綱曳きを頼んだ車夫は、海蔵さんやえいいたんぼたちとは違って、少し年をとっていたのかも知れない。

この街道はかなり上り下りがある上に、半島の中央辺りで長い峠を越さねばならない。その坂道を重い鉄の車輪の人力車のスピードを落とさずに越えるために、人力車の前部に結び付けた綱を肩に掛け、四、五メートル先に立って車を全力で引っ張るのが、先綱曳きの役割だった。

この日の客は「急ぎの避暑客」で、賃金を倍払うからと言って二人曳きを求めていた、そこへ巳之助が本当に運好く来合わせたのだった。そして巳之助は、行先が大野だと知ったとたん、身ぶるいしながら二つ返事で引き受けたにちがいない。

巳之助は人力車のながえにつながれた綱を肩にかついで、夏の入陽《いりひ》のじりじり照りつける道を、えいやえいやと走った。馴れないこととてたいそう苦しかった。しかし巳之助は苦しさなど気にしなかった。好奇心でいっぱいだった。なぜなら巳之助は、物ごころがついてから村を一歩もでたことがなく、峠の向こうにどんな町があり、どんな人々が住んでいるか知らなかったからである。

この知らない町への好奇心の外《ほか》、彼がこれまで見た限りでは、この先綱曳きをしているのは自分より五つも六つも年上の人たちだったから、自分がそれに仲間入りできる誇らしさがあったし、まとまった現金が手に入るのではないかという期待もあったかも知れない。

こうして夕暮が近づきつつある頃、彼らは目指す大野の町に着いたのだった。

この町に関しては新美南吉記念館学芸員遠山光嗣氏が、同館「研究紀要」第三号の「「おじいさんのランプ」の舞台はなぜ大野なのか　1」という、そのものズバリのタイトルの論文で適確にその答を提示している。

その内容は、寺と蔵と夜の灯の多さという古くから言われている「大野名物」の実態から始めて、岩滑新田の人たちとの物心両面でのつながりの深さや、南吉本人が持つ親近感の背景まで、見事に解明されていた。

その論考を参考にして取り敢えず町の様子、その賑わい振りについて述べると、廻船問屋が半田の倍も多くその知多郡全体の総庄屋も江戸時代から明治にかけて大野の者がつとめており、明治二四年には熱田、四日市との間に定期汽船が通っていた。

したがって、明治から昭和にかけて、木綿業、材木問屋、油問屋、味噌・醤油業、運送業等の会社がそれぞれ複数軒営業していた外《ほか》、それらの大店がずらりと並ぶメイン通りから別れている沢山の小路もさまざまな店があった。それに大野鍛冶と呼ばれる出鍛冶、各地の町や村へ一定期間出掛けて行ってそこで仕事をする鍛冶職が多い時は六〇戸を越えており、明治から昭和にかけて五、六百戸あった大野で、専業農家は一軒もない状態だった。

したがって、人力車の先綱曳きになって生まれて初めてこの町へやって来た巳之助が、余りの賑やかさに足がすくみそうになったのも無理はない。何しろ巳之助が住む岩滑新田には何でも屋が一軒あるだけだったから。

しかも、巳之助が大野に入ったのは夕暮時だったから、彼らの到着を歓迎するように、並んでいる商店が一斉に灯《とも》した「花のように明るい」ランプのきらめきに、巳之助は何度も声を上げた。岩滑新田では行灯さえも大きな農家にあるだけで、夜はあかりがないため早く寝る家ばかりだったから、正にこの町は彼にとっては別世界そのものだった。

本文には、手間賃をもらって仕事から解放された後の巳之助の様子をこう書いている。

……ランプのために、大野の町ぜんたいが竜宮城か何かのように明かるく感じられた。も

う巳之助は自分の村へ帰りたくないとさえ思った。（中略）
巳之助は駄賃の十五銭を貰うと、人力車とも別れてしまって、お酒にでも酔ったように、波の音のたえまないこの海辺の町を、珍らしい商店をのぞき、美しく明かるいランプに見とれて、さまよっていた。
呉服屋では、番頭さんが、椿の花を大きく染め出した反物を、ランプの光の下にひろげて客に見せていた。穀物屋では、小僧さんがランプの下で小豆のわるいのを一粒づつ拾い出していた。また或る家では女の子がランプの光の下に白くひかる貝殻を散らしておはじきをしていた。また或る店ではこまかい珠に糸を通して数珠をつくっていた。ランプの青やかな光のもとでは、人々のこうした生活も、物語か幻灯の世界でのように美しくなつかしく見えた。

これらの店の前で立ちどまって中の様子を見詰める巳之助の姿がはっきり見える心地がする。ただしこの文の最後の幻灯云々は、当時東京などの都会では電灯があったから見ることができたが、半田にも大野にも電気はまた来ていなかったから、この部分は南吉が読者向けに書いたものだろう。
この文に続けて、この時巳之助の心境が美しさに酔っていただけでなかったことが、次のように書かれている。

巳之助は今までなんども、「文明開化で世の中がひらけた」ということをきいていたが、今はじめて文明開化ということがわかったような気がした。

彼は毎日の暮らしの中で、大人たちがちょっと見慣れない新しい物を見る度に、「ブンメイカイカ」と言い合うのを聞いており、これこそそいつだと実感できたのだった。

ここで思い浮ぶのは、巳之助の二年後に生まれた版画家川上澄生が、情緒溢れる散文詩と鮮やかな版画で綴った『ランプ』（アオイ書房、昭一五年）である。

彼はその中で、「文明開化は黒船に乗ってやって来た」という文で書き出して、いわゆる舶来品として時計、帽子、傘、靴等をあげた後、「この時文明開化は家庭にあっては洋灯の花を夜の闇に咲かせた」として、次のように続けている。

然り、洋灯は夜の華である。

釣るし洋灯は天井からたれ下って開花し、台洋灯は机上卓上又は室内至る所に開花し、柱にとりつけられて枝の先に花開いた如くあるのは背面に反射鏡を持つ洋灯である。

洋灯が輝けば夜の闇黒は後退する。行灯や燭台の周囲にもやもやとにじんで居たうす暗がりは、洋灯に依って完全に隣の室まで追いやられた。

巳之助がこの時大野の町で激しく心を揺さぶられたのも、ランプが持っている暗闇を追いやる花やかさだった。

川上澄生『洋灯の歌』昭28年より

舶来という言葉が示す通り、幕末安政年間に横浜へランプをもたらしたのは、オランダの商人アルネスト・スネルだった。だが、間もなくその燃料である石油には越後産の燃える水で十分であり、ガラス工芸の職人は薩摩や東京等各地にいたから、欧米からの輸入品に頼らず国産の良い品を普及させようという気運が急速に高まっていった。

そして明治初年に東京、大阪、名古屋等で生産が始まると、たちまち需要の範囲も広がっていった。その買い手の層も、初めのうちは裕福な商店主や上流階級の人々だったが、明治一〇年代に入って量産化が進むにつれて当然価格が下がったから、すぐに一版家庭でも用いられるようになり、二〇年代には町から村へと、都会中心にその波が広がっていった。

小説家徳田秋声は、自伝的小説『光を追うて』の中で、明治一六年一一月頃の北陸金沢の自宅で法律の勉強に余念がない、弁護士志望の長兄の様子をこう記している。

彼の勉強ぶりは、今考えても涙ぐましい程熱心であった。等《ひとし》は今でも書院づくりの座敷の窓のところで、赤い毛布を被りながら、皆んな寝しずまってから、時とすると障子の白むまでも机に向っていた憲一を覚えている。その頃になると灯火は既にランプにかわっていて、三つばかりのランプを掃除して石油を注ぐのが、等の毎日の仕事になっていた。

この等というのがこの時一二歳の秋声で、長兄は二六歳だった。

また、この十年後の明治二八年八月、東京下谷の龍泉寺町で荒物・雑貨の小店を出していた樋口一葉は、小説「たけくらべ」の中で、千束神社の祭りの賑わいをよいことにして弱い者いじめをする少年たちが、「軒の掛け提灯」を叩き落としたばかりか、店内を照らす「釣りランプ」まで今にも落とされそうになる程暴れまくる様子を、ハラハラする自分の気持そのままの文章で描いている。

このように明治二〇年代以降、ランプは広い範囲で日常的に使われるのだが、巳之助の村のような所も全国各地に少なからず残っていたのだった。

そこで本文に戻ると、間もなくいろいろ並んでいる店の間に、「様々なランプをたくさん吊してある店」を見付けた巳之助は、その前でしばらくためらった上で中に入る。ここでためらったのは、ランプは是非買いたいのだが値段がどのくらいか見当もつかないし、今の手持ちの手間賃十五銭じゃ到底買えないだろうと思う不安もあったからだろう。

案の定、主人からはあっさり断られるのだが、それでも粘った上でそれなら卸値で売ってくれと申し出る。この知識は、彼が村人から頼まれる仕事が何もない時など、人力曳き用の草鞋を編んで何でも屋の雑貨店へ持って行った際に体験で学んだものだった。

巳之助の突然のこの申し出にびっくりしたのはランプ屋の主人だった。背丈は少しはあるものの見るからに田舎者らしい小僧っ子から、思いもよらぬ切り返し方をされて足元をすくわれた気持だったのだろう、「そりゃ相手がランプを売る店なら」と、思わず口走ってしまう。

この一言でこの場の主導権は一ぺんに巳之助に移ってしまい、「おれ、ほんとうにこれからランプ屋になるんだ」と真剣に言い張る巳之助に心を動かされた主人は、巳之助の身の上を聞いた後、きっぱりと言い切る。

「負けてやろう。そのかわりしっかり商売をやれよ」

この主人も単に利に敏い商売人だっただけでなく、自らのこの仕事に強い自負心を抱いていたのだろう。その主人からランプの扱い方を細かく教えてもらった巳之助は、意気揚々と大野の町を後にし、それからの山道では今習ったばかりのやり方でそのランプに火を灯し、それを手にしたまま村へ向かう。

巳之助の胸の中にも、もう一つのランプがともっていた。文明開化に遅れた自分の暗い村に、このすばらしい文明の利器を売りこんで、村人たちの生活を明かるくしてやろうという希望のランプが――

こうして胸をふくらませて村へ戻って来た巳之助は、早速その翌日、ランプを持ってこの家

川上澄生『ランプ』（アオイ書房、昭和15年）より

ならばと思う家、今行灯を使っている家へ行き、大野の町で昨夜見た竜宮城のような明るさを話して、一個買ってみませんかと持ちかけてみた。しかし、その試みは残念ながら徒労に終ってしまった。

　その旦那衆の中には、お前みたいな子どもが商売をしようと思うこと自体が生意気だと、頭から相手にもならずにお説教をする人もいただろうし、そんな贅沢な物など置く気はないと撥《は》ね付ける家もあったにちがいない。

　元来農業という仕事は、天候に左右されながら太陽と水の恵みを受けてひたすら土を耕やして作物を育てるという、根気と勤勉さが強く求められる職業だった。だから基本的に保守性が強い一方団結力に富んでおり、家具などを含めた衣食住に関しては新奇なものを気嫌いする傾向があったし、お日様と共に寝起きする生活が当り前であった。

　それを無視した形の自らの行為の誤りに巳之助が気付いたかどうかは分からないが、何日か考えた末、あの日自分が目を奪われたのは、単に町全体の明るさ、花やかさに対してではなく、呉服屋さんや穀物屋さんその他さまざまな店が、日が暮れて外がまっ暗になったにも関わらず、活き活きと商売をしているのを見たことだったと気が付いた。

この村であの夜間営業を実験して貰える場所は、言うまでもなくあの何でも屋しかない。そう考えて、無料、無条件で婆さんの店にランプを貸し出した巳之助の作戦は、ものの見事に成功し、数日後、様子見にその店を覗いた巳之助は、婆さんからそのランプの買取りの外《ほか》、別な注文まで告げられる。婆さんは自分の店での夜間の売上げの増加にまず気をよくし、夜なべ仕事にどんなに役立つかを来客の前で実演して見せたにちがいない。

そこで、二度三度大野のあの店へランプの仕入れに通った後、巳之助は本腰を入れてランプ売りに専念することを決意し、まず行商用の運搬方法に工夫を凝らす。簡単なことからいえば大八車に箱形の縁を取り付ける手があるが、道路が平坦な町でならそれでよかろうけど、この周辺の谷間に散在する村々を回るとすれば、もう一工夫が必要になる。

そこで考えたのは、「物干台のような枠」を大八車に取り付けて、「それにランプやほやなどをいっぱい」吊るしたものだった。実はこれにはモデルがあった。

南吉の童話「ごんごろ鐘」で知られる光蓮寺の住職だった本多忠孝師の『米寿翁のやなべ――今昔あれこれ』には、南吉が中学生だった頃の思い出なども書かれているが、「「おじいさんのランプ」のモデル」と題して、大野出身で岩滑新田で一人暮らしをしていた浜口勇三さんについて、こう追想されている。

私が小学生の頃で当時はランプ時代でした。勇三おじいさんは毎日大八車に竹竿を差し渡してランプを吊り下げ、せっせとランプを売りに出かけました。「チリンチリン」とランプのぶつかる音をたてながら、脚半を着け、わらじ履き、頭に鉢巻きをして、西浦の大野地区の小さな部落へ売りに出掛けたものでした。

という。同師は明治三七年生まれだから、小学生の頃というのは明治四三年頃から大正四、五年だった。だから勇三じいさんが明治三八年頃からランプ売りをしていたという設定は十分成立する。

そのように「ガラスの触れあう涼しい音をさせながら」、巳之助は自分の村はもとより近辺の山間の村々を毎日休まず売り歩いた。

その商品の大半はごく日用的なあっさりしたタイプのランプだったろうが、同じ集落へ二度、三度と行く時は、赤や青のあっさりと縁取りをした傘のものや、波形とか花模様を散りばめたハイカラな感じの笠をつけた吊りランプも少し入れたり、竹や金属でこしらえた細長い軸に少し刻み模様を配した台ランプや、まん丸なほやのふわっとした感じがする台ランプなども、年を追うごとに加えていったにちがいない。

こうして、あの初めての大野行が思いもしなかった出発点となって、ランプ屋巳之助の身に歳月は平穏に過ぎていった。

そのランプ売り巳之助の心境として、本文中には「お金も儲かったが、それとは別に、この商売がたのしかった」としか記されていない。これはこれで納得できるのだが、本編執筆の六、七年前に南吉が書いたランプ売りを謡った童謡二編がそれを補っているように思われるので紹介しておこう。
まず昭和九年一月に作ったフランスのランプ売りについての童謡である。

むかし　パリー　の

むかしパリーの
ランプ売り
ランプ点して売ったとさ。

窓の貧しい
家々に
銅貨七つで売ったとさ。

壁にかかって
　仕事場を
照せランプと売ったとさ。

それは小さな
　豆ランプ
お星みたいに売ったとさ。

お星みたいに
　売ったとさ
銅貨七つで売ったとさ

むかしパリーの
　マロニエの
日暮ゆきゆき売ったとさ。

このランプ売り自身子どものような感じがするが、ここに書かれているような豆ランプは、巳之助がランプ屋を始めたしばらくの間は荷の中に入っていなかったけれど、やがて大八車の隅っこにいくつかまとめて入れられるようになり、やがて売れていったのではないだろうか。昭和になってからも家の片隅にある便所の小さな窓際に、常夜灯として置いてあったりしたものだ。

次は、その丁度一年後に書かれ、同じく未発表だった作品だが、このタイトルの意味はどうもはっきりしない。

童話

1

貧しいお家のランプなら
煤けた壁にかけられた。
金満《ゆたか》なお家のランプなら
太い梁から吊された。

2

貧しいお家のランプなら
笠は破けた紙の笠。

金満なお家のランプなら
それは綺麗な瀬戸の笠。

3

貧しいお家の食事なら
冷たいお蕎麦《そば》が照された。

金満なお家の食事なら
皿の秋刀魚が照された。

4

貧しいお家の子供なら
ランプの下で縄なった。

金満なお家の子供なら
ランプの下で笛吹いた。

貧しいお家のランプなら
いつもほそぼそ消えてった。

金満なお家のランプなら
いつも明るく笑ってた。

5

巳之助の特製大八車のランプも、たしかに比較的豊かな家にも貧しい家にも求められさえすれば売ったわけだから、南吉がこんなタイトルを付けようと思った真意は、これは仮空のお話で、実際の様子を見て書いたりしたものじゃありませんよということだったかも知れない。
ともあれ本編に述べられている通り、照明器具一つにしてみても、わが国の文明開化の波は明治から大正にかけて全国的に広がっていき、巳之助は自分のしている仕事に生き甲斐も感じてもいただろう。だから、本文には記されていないが、二〇歳になって二年間兵役をつとめている間も、胸を張って勤務や訓練に励んだにちがいない。

その後も地道にランプ屋を続けた巳之助は、やがて狭いながらも自分の家を持てるようになり、世話をしてくれる人があって嫁さんを貰うこともできた。更に、区長さんからランプの下なら新聞も読めると言われたのをきっかけにして、区長さんを先生にして字を習う勉強にも取り組んでいく。

しかしながら、まことに残念なことに、照明に関する歩みの中での石油ランプというものの寿命は極めて短く、果かない存在でしかなかった。それを身を以て知らされる宿命が、順調に二児の親にもなり穏やかな毎日を過ごしていた巳之助を待ち受けていた。

ある日、数日ぶりで大野へ行った巳之助は、人夫たちが珍しく道路沿いに長い柱を立てているのに気付き、その人夫同士の会話の中の電灯という言葉に関心を持つ。

そしてその次に行った時にはその柱の列が黒い細い綱で接がれており、馴染の甘酒屋へ入ると見馴れたランプが脇の方に片付けられていて、天井からぶらんと下っている妙な物を指さした甘酒屋から、あれが「こんど引けた電気というもんだ」とその効能を聞かされるが、巳之助は反撥し続ける。

ところでまもなく晩になって、誰もマッチ一本すらなかったのに、とつぜん甘酒屋の店が真昼のように明かるくなったので、巳之助はびっくりした。あまり明かるいので、巳之助は思わずうしろをふりむいて見たほどだった。

「巳之さん、これが電気だよ」

巳之助は歯をくいしばって、ながいあいだ電灯を見つめていた。敵《かたき》でも睨んでいるようなかおつきであった。あまり見つめていて目のたまが痛くなったほどだった。

この一行目、誰もマッチ一本擦らなかったし、手を伸ばして電灯に触りもしなかったのに、突然辺りが「真昼のように明るくなった」のは、送電当初は電気会社が全てをコントロールしていたためで、夕刻の点灯と同様に朝も日の出の時刻に合わせて家庭への送電はストップする仕組みになっていた。

その一斉点灯システムが、この場合は巳之助の驚きを倍増する効果も演出していた。

「巳之さん、そういっちゃ何だが、とてもランプで太刀うちはできないよ。ちょっと外へくびを出して町通りを見てごらんよ」

巳之助はむっつりと入口の障子をあけて、通りをながめた。どこの家どこの店にも、甘酒屋のと同じように明かるい電灯がともっていた。光は家の中にあまって、道の上にまでこぼれ出ていた。ランプを見なれていた巳之助にはまぶしすぎるほどのあかりだった。巳之助は、くやしさに肩でいきをしながら、これも長い間ながめていた。

この日の帰り道での巳之助の胸の裡は、本当に絶望的だったろう。

実はこの辺の電気の普及に関しては、愛知電鉄が熱田伝馬町と大野を結ぶ鉄道を明治四五年二月一二日に開通させるのに合わせて、電灯線も平行して敷設をしていたから、大野では二月五日には電灯の点灯が始まっていた。

だが、本作品では、それに合わせると巳之助がランプ屋をしていた期間が短か過ぎるので、南吉は意図的にその期間を伸ばしたのにちがいない。

さて、ここで巳之助に戻ると、村へ帰ればここはまだ依然としてランプの里だったから、巳之助は、自分たちの所へあの憎っくき電気の奴がやって来るのはずっと先のことだと思って、高をくくっていたのだが、その願いも空しく電線を村に引くことが村会の議題となり、巳之助が相手構わず反対を説いて歩いたのも水の泡、村会ではあっさり議決されてしまう。

そのショックで三日間布団を被って寝込んだ彼は、思考力も判断力も完全に失ってしまい、村会の議長を勤めた区長さんを逆恨みしてその家への放火を思い立ち、夜中に屋敷に侵入して最も火が付き易い牛小屋で実行に取りかかる。

しかし、神か仏のお計らいだったのだろう、家を出る時にマッチが見当らないまま、その辺に放ってあった火打ち石を持って来たばっかりに、早く火をつけようと焦《あせ》れば焦る程火はつこうとしない。その揚句、「こげな火打みてえな古くせえもなア、いざというとき間に合わねえだなア」と思わず口走ってしまい、その自分の声を聞いて、巳之助は自分がしようとしていた行動の誤りにようやく気が付いて愕然となる。

ランプ売りである彼にとって、なくてならない道具であるマッチが見つからなかったのは、ひょっとしたら、巳之助の生死も分からない両親がそっと自分たちの懐の中へ隠してしまったのかも知れない。
南吉は、あの「童話」を書いた二カ月後の昭和一〇年三月、二二歳の早春、童謡同人誌「チチノキ」にこんな作品を寄せている。

母の家

母さんお窓をしめましょう、
もう郭公鳥《かっこう》は鳴きませぬ。

林の虹も消えました、
沼には靄がおりました。

母さんお窓をしめましょう、
風がひえひえいたします。

もうすぐ夜が来るのです。
もう郭公鳥も鳴きませぬ。

病気がおもるといけませぬ。
母さんお窓をしめましょう。
ランプに灯《あかり》をいれましょう。

作った南吉としたら、彼が四歳の時に胸の病いで亡くなった母を想って詠んだものだろうが、ランプは作中の母と子にとって明るさと温《ぬく》もりの源であったし、それこそ巳之助が村々の人たちに提供していたものなのだった。

しかし、巳之助はその自らの歩みとの訣別を思い切ったやり方でやってのける。家へ戻った彼は、家にあるランプを残らず車に積んで半田池まで行き、池端の木々の枝に灯をつけたランプを全て吊すとその場を少し離れ、さまざまな個性ある形をクッキリ浮き立たせて美しく光るランプ一つ一つに、心を込めて別れを告げる。

ランプ、ランプ、なつかしいランプ。

やがて巳之助はかがんで、足もとから石ころを一つ拾った。そして、いちばん大きくともっているランプに狙いをさだめて、力いっぱい投げた。パリーンと音がして、大きい火がひとつ消えた。

「お前たちの時世はすぎた。世の中は進んだ」

と巳之助はいった。そして又一つ石ころを拾った。二番目に大きかったランプが、パリーンと鳴って消えた。

「世の中は進んだ。電気の時世になった」

三番目のランプを割ったとき、巳之助はなぜか涙が浮かんで来て、もうランプに狙いを定めることができなかった。

こうして巳之助は今までのしょうばいをやめた。それから町に出て、新しいしょうばいをはじめた。本屋になったのである。

本編の巳之助を主人公とする物語はここまでで、この後は冒頭の前段部の続きになる。そこでは巳之助であるお祖父さんが、その半田池での行為について孫の東一君から「馬鹿しちゃったね」と言われ、改めて、商売のやり方についての自分の信念をしっかり話したところで終りになる。

大正一五年刊『半田町史』によると、半田町中心部に電灯が点いたのは同年一月、つまり南吉が生まれる半年前であり、それからの広がり方は全く遅々としたもので、岩滑新田に電線が延長されたのはその六、七年後だったらしい。だから、南吉が小学生だった頃はまだランプはしっかり家に置いてあり、停電の時などは明らかに役立っていた筈だ。
それから十年以上を経た昭和一〇年一二月末、彼は今や空しく納屋の壁に吊り下げられているランプへの思いを、次のような詩に綴っている。

破れたる洋灯に

ひびの入りたる洋灯《ランプ》よ
あわれ汝壁にかかりてはあれど
もはやかの美わしき光を発せず
その光もて
家具どもを
——例えば絨纏を、卓子《テーブル》と椅子を
皿を書籍をはたパイプを

地図を
もはや照らすことなし
その光もてまた
壁の上に
かのあわれに懐しき影絵の数々
——例えば狐を旅人を兎を
魔法使をはた恋する
王子や王女を
もはや画くことなし
子供らは汝がもとにて
もはや加留多遊びをなさず
老人《としより》は汝を近寄せて
昔語りをなさず
あわれひびの入りたる洋灯よ
汝はまこと若き日の夢《ロマン》を失いし
傷き破れたる心のごとし

あわれ油をそそがんすべもなく

これはさまざまな家庭で明るさと憩いを醸し出し、いろんな年齢の人たちに親しまれたランプに対し、南吉が万感の思いを込めて詠った挽歌だった。

これを書いた半年後、この詩の中にもあった影絵に焦点を当てて、次のような童謡を書いている。

影絵

—ソログーブの「影絵」による。

影絵しました
らむぷをつけて
——寂しい子供と母さんが。

二人坐って
お手々を合わせ

――狐や小鳥をかきました。

昼は吹いてて
壁炉は鳴って
月もかくれる頃でした。

影絵しました
小さい壁に
――寂しい子供と母さんが。

この二作品に共通するランプを楽しむ影絵については、後程もう一度登場するが、この童謡の場合は、母と子の心をつなぐ大事な役割をしているのがランプだった。
この「影絵」を書いた更に半年後、南吉はこんな俳句を詠んでいる。

ランプつけ耳をすませや鶲《バン》の声
焰筒《ほや》拭けば山は霙に濡るゝ頃

打ち消せや月は土間までさすほどに

この句を詠んだのは、前にも述べたが春に東京外語を卒業した年で、一〇月初めに烈しい喀血をし、巽聖歌《たつみせいか》夫人の画家野村千春さんの献身的な看病によって、一カ月後にようやく小康状態に入ったため、一一月一六日に帰省をして家で静養に努めている最中だった。

したがって、これらのランプの句は、同じ時期に詠んだ牛の句などと違って、心身の平穏を求める一種の心象風景のようなものと見てよいだろう。

それに比べて、前に紹介した川上澄生の『ランプ』に載っている次のような文は、明らかに関東平野での彼の日常生活の一コマである。

私の近所にも洋灯を用ひて居る家が二軒ある。一軒は街道に面した小さな菓子屋で、安ビスケットや煎餅を並らべて居る店先には釣るし洋灯が下つて居て、隣の自転車屋と小さな穀屋の間に夜尚うす暗い店先である。もう一軒は停車場の直ぐ裏手に当る百姓家である。去年の九月の始めその家の息子が入営するので朝四時頃私はあいさつに行つた。内緒で停車場の構内を横切り線路を越えて露深い草の中を袴のももだちをとつてその家に行つた。うす暗い庭先には大勢集まつて立つたりしやがんだりして居るし縁側にも腰をかけて居る。家の中には釣るし洋灯が明るくなつて行く暁のうす闇の中に一ところ赤茶けた明るさをこびれつかして居た。

この文中に応召云々とあるのは、この本の出版が昭和一五年二月だから、その二年半ばかり以前から行われていた中国との戦争に行くためだった。この時点で、しかも鉄道の駅のすぐ近くの家で、ランプは現役で勤務していたのだった。

更に右の文に続ける形で、川上自身が何年も前に台ランプを買った隣市の店の様子が、こう描かれている。

その店は硝子屋であって、硝子製の器物の間に天井からは常に何箇かの釣るし洋灯が釣るしてあるし又棚の上には台洋灯が置いてある。又ペンキ塗り円錐形の上から下げる形式で石油を上に入れて心がその下になつて居て丁度筒型の懐中電灯を逆さにしたような洋灯もある。私が以前買つた洋灯の火筒をこはして代はりのものを買ひに行つた次でに、もう少し上等の、昔の売れ残りか何かの洋灯は無いかときいたら、顔に白癜風《しろなまず》のある小母さんは、どなたもさうおつしやるが良いものはありません、と答

川上澄生『ランプ』（アオイ書房、昭和15年）より

へた。どなたもさうおつしやるとなると、洋灯の好きな又欲しい人間も居るのだなと思つたことだつた。

つまりこの小母さんがやっているガラス屋には、ランプを今も常用している家からの客があるかと思えば、骨董品としてランプを探している客も来る。その前者が減りつつあるのに対し、後者の熱心さが強くなっている傾向に、ランプが置かれた当時の位置が示されていた。

川上澄生のこの『ランプ』が出た一年後の昭和一六年二月、南吉は、安城高女の学芸会に際し自分が担任をしている三年生のために、一幕劇「ランプの夜に」を書き下ろした。

姉と妹が留守番をしている春の夜、突然停電になったためランプを灯し、二年前に小学二年で死んだ弟と影絵を作って遊んだ時の楽しかったことを話をしていると、見知らぬ人が次々に尋ねて来ては帰って行く。まずランプの灯が大好きで世界を歩き回っているという三角帽子の旅人、次は要求金額を次々と下げ、玩具のピストルを見せてこれでロンドンの銀行を襲うのだと言って去って行く風変わりな泥棒、三人目はこの家の「あの子」と遊ぼうと思ってやって来たという竪琴を持った少年で、その子は電灯がついたとたんに慌てて帰って行き、後に小さな手袋が残っている。

妹　おや、これ、見覚えがあるわ。ユキ坊の手套よたしか。

姉　そうね。ユキ坊ちゃんのだわ。ここにユキオと糸でぬいとりしてあるわ。これわたしがしてやったのよ。
妹　ユキ坊の手套……
（間）
姉　（腰かける）わかったわ。
妹　あたしにも。
姉　影絵だったのね。
妹　そう。一番はじめの旅人が姉さんのつくった影絵。次の泥棒がわたしのつくったの。そして今の子はユキ坊の「家なき児」だったのよ。あたし達、幻を見ていたのだわ。
姉　そうね。
（自動車の警笛）
妹　おや、お父さん達が帰っていらした。
（二人立ちあがる）
幕

この戯曲が前掲の童謡や詩の延長線上にあることは言うまでもないだろう。

南吉がこの劇の二月二二日の公演に向けてまず手配したのは、生徒の誰かの家に残っているランプだったろう。安城は当時日本のデンマークと言われる程農業の先進的経営を進めていて、豊かな家が多かったから、外国航路の船長だった父がマルセイユの古道具屋で買って来たものという、設定にピッタリ合ったランプも、比較的容易に準備できたにちがいない。

そして当日、そのランプといい、次々にやって来る謎めいた来訪者といい、モダンで幻想的な舞台になっていただろうから、女学生たちに大いに受けただろうし、観に来た家族たちの中には過ぎし日のランプ暮らしを懐しんだ人たちも少なくなかったのではないだろうか。

考えてみれば、ランプは電灯に比べれば照度の点では明らかに数段劣っており、その光の届く範囲が限られているが、その事実による特異性も見逃せまい。つまり、照らされた対象物、とりわけ人物の印象が、周囲やその背後を蔽《おお》う暗さとのコントラストで、際立って鮮明になる特徴がある。

その状況を川上澄生は詩画集『洋灯の歌』で次のように詠っている。

洋灯よ　らんぷよ
らんぷによらずして
何ぞ祖母又母を

想ひ起すを得んや
らんぷの灯影に
祖母は銀の煙管にて
莨《たばこ》をふかし
母は夜業《よなべ》の
針仕事をなす

障子に写る
人の影は大きく
ふすまを開けると
隣の室は真暗で
おっかないよ

正にこの通りだからこそ、ランプに照らされた人の姿は懐かしく、ランプによる影絵は巧まずして普通の家の居間を劇場に変えてしまうのだった。

そこで本編に戻れば、この学芸会があった年の一二月一三日の日記に、南吉は相変わらずポツンとこう記している。

テーマ、電灯が村にはいって来て、ランプの需要がなくなったのでもとの乞食商売にかえったランプ売について書くこと。

これだけの記述だから動機は例によって不明だが、この頃にはランプ売りを主人公にした作品を書いてみたい気持が芽生えていたらしい。しかし、この十日後の深夜に体調の異常を感じた南吉は「すぐ死を観念」したと書く。そうして、翌昭和一七年一月には腎臓炎と診断され、通院を含めた自宅療養に励む。

その一月一五日からは日記も残っていないが、三月一七日、四年制だった安城高女のあの「ランプの夜に」の生徒たちの卒業式にも残念ながら出席しなかったらしい。

この療養によって何とか体調が回復し、いよいよペンを執り始めた三月末には、「もとの乞食商売に」戻るなどというマイナスのイメージはすっかり払拭され、自分なりの使命感を抱いて生きていく強いランプ売りを描くようになっていた。その内容は既に見て来た通りである。

本編は南吉自筆の原稿も残っており、その末尾には「十七・四・二」という執筆終了年月日が明記されているだけでなく、彼が描いた台ランプのペン画まで添えてある。更にその絵には、高さが約八〇センチ、台は木製、筒は竹製、火屋はガラス、その火屋の付け根と竹筒の上部は金属製で「ややこしい唐草模様」が刻まれている等々、自筆の説明が付記されている。ただし、自宅にあったものか、彼がどこかで見たものかは分からないが、この絵を見ているだけで本編に対する彼の力の入れ様が伝わって来る。

そうして本編を含めた彼の第一童話集十冊が、出版元有光社から彼の手元に届いたのはこの年の二月一六日だった。この本のタイトルが『おじいさんのランプ』だと知った教え子の何人かは、あの学芸会の劇の舞台をふっと思い浮かべたにちがいない。

以上、「おじいさんのランプ」から「ランプの夜に」を含む一連の南吉の作品は、単に明るさのみを追求するのではなく、日常生活における証明の多様な効用を配慮した業界のあり方について、一定の方向を示唆してもいた。

この点を特に重視したい。

おじいさんのランプ

かくれんぼで、倉《くら》の隅《すみ》にもぐりこんだ東一君《とういちくん》がランプを持《も》って出《で》来《き》た。

新美南吉『おじいさんのランプ』（挿画・棟方志功。有光社、昭17年）より

第五章 「最後の胡弓弾き」

孤に徹して時の波に呑まれた男

この「最後の胡弓弾き」も南吉の代表作だが、牛や人力曳き、あるいはランプを扱った作品と違って、胡弓あるいは胡弓弾きという単語が入っている童謡や詩も俳句等も、一切見当らない。

その原因の一つはやはりこの楽器そのものについての、南吉を含めて同時代の者全体にとって馴染みが薄く、話題になることもなかったからだろう。それは、やはり同じように江戸時代以前からある和楽器、太鼓や笛、三味線、琴等と比べてみればよく分かるだろう。

本編で南吉が見事に描いたように、昭和初期を最後にこの辺りでは胡弓も胡弓弾きも人々の前から姿を消してしまったものだ。そこで南吉は恐らくその状況を意識したらしく、本編の書き出しもすぐに主人公等は登場させず、こんな説明で始めている。

旧の正月が近くなると、竹藪の多いこの小さな村で、毎晩鼓の音と胡弓のすすりなくような声が聞えた。百姓の中で鼓と胡弓のうまい者が稽古をするのであった。

そしていよいよ旧正月がやって来ると、その人達は二人づつ組になり、一人は鼓を、もう一人は胡弓を持って旅に出ていった。上手な人達は東京や大阪までいって一月に帰らなかった。また信州の寒い山国へ出かけるものもあった。あまり上手でない人や、遠くへいけない人は村からあまり遠くない町へいった。それでも三里はあった。

この文中にある「旧の正月」というのは、これが江戸時代から続いていた恒例の状況だったからで、明治五年一一月に現行の太陽暦に改められても、この行事はそれ以前の陰暦の正月に合わせたままで行われていたのだった。その日は年によって変動があるが、大体は二月中の何日かだった。また「竹藪が多いこの村」というのは、これまでの作品と同じように岩滑新田と考えてよい。

その旧正月に村を出て町へ行った二人は何をしたか。

町の門毎に立って胡弓弾きがひく胡弓にあわせ、鼓を持った太夫さんがぽんぽんと鼓を掌のひらで打ちながら、声はりあげて歌うのである。これは何を謡っているのやら、わけのわからないような歌で、おしまいに「や、お芽出とう」といって謡いおさめた。すると大抵の家では一銭銅貨をさし出してくれた。それをうけとるのは胡弓弾きの役目だったので、胡弓弾きがお銭を頂いているあいだだけ胡弓の声はとぎれるのであった。たまには二銭の大きい銅貨をくれる家もあった。そんなときにはいつもより長く歌を謡うのである。

実はこれは平安時代に広まり始め、特に中世に世相の荒廃が影響したせいか一段と盛んになった民俗芸能の一つで、千秋《せんず》万歳とも言われて正月に家々を訪れて祝言を唱えながら舞いを披露するものだった。やがて近世になると全国各地にその万歳をする集団が生まれ、それぞれの本拠地名をとって、大和万歳、三河万歳、知多万歳、越前万歳等と呼ばれるようになった。

その一組の人数についても、当初は一定しなかったが、太夫と才蔵の二人組で演ずる場合が多くなる一方、三人で回るものや数人がかりで庭で演じる庭万歳もあった。この辺りの知多万歳では家々の門前で演じる門付万歳の外《ほか》、檀那衆の座敷で演じる檀那万歳、祭礼等の際に何人もで舞台で演じる御殿万歳等もあった。

また二人組の役割についても、太夫が鼓を打ちながら舞いを演じ、才蔵が胡弓または三味線を弾きながら祝い歌を歌う場合が多かったようだが、太夫と才蔵の役割が逆だった場合もあったそうである。

江戸・東京や大阪で特に有名だったのは三河万歳と尾張万歳で、岩滑は当然知多郡八幡（現・

知多市）を中心とする尾張万歳の系列にあり、昭和六〇年に発行された郷土資料『やなべの郷』には、次のように紹介されている。

門付万歳は、太夫・才蔵の二人組が多く、太夫は烏帽子をつけ鼓を持って祝言をのべ、才蔵はだいこく頭巾をかぶり、鼓に合わせて胡弓を奏でる。二人の息の合った万歳をしながら家々をまわって、新春を寿ぎ、商売繁盛、家運隆盛の祝言をのべる、そしていくばくかの喜捨をうけるものである。

大正の中ごろには、東京方面へ万歳列車が出たほどであり、知多郡内から相当な人数の人たちが門付万歳に出かけていた。

そこで、受け入れる側を見てみると、その知多万歳や尾張万歳も含めて、東京ではやはり江戸っ子の徳川贔屓《びいき》か、門付万歳を凡《すべ》て三河万歳と呼んでおり、俳句にも数多く詠まれている。

奉納す三河万歳年新た　　広島ふみ女
万歳は二人づれなる山河かな　　佐野青陽人
万歳の水飲んで行く門井哉　　那須艸加
三河万歳熱の子瞳が笑ひ出す　　志摩芳次郎
くさめして三河万歳通りけり　　伊丹余一
三河万歳東京行は混みにけり　　加藤かけい

改札に万歳酔ひて叱られをり　　加藤楸邨

万歳や馬の尻へも一祝い　　一茶

万歳の三河の国へ帰省かな　　富安風生

この句の凡てに、訪れて来る太夫や才蔵たちへの親しみが込められている。それは毎年定まった地区の定まった家へ訪れて来るからで、当然その客の中には耳の肥えたお年寄もいるに違いない。また演じているところを通りかかった他の同業者に見られることもあるだろう。だからこそ謡う文言はもとより、演奏の技にしても、師匠から弟子へ、弟子から孫弟子へと、一門の結び付きが強ければ強い程、教え方も厳しく受け継がれたわけである。知多万歳では八幡村の北川社中が強い結束と継承を大切にして来ており、後に県の無形文化財にも指定されている。

そういう状況の下、いよいよ本編の主人公木之助が登場する。

ことし十二になった木之助は小さい時から胡弓の音が好きであった。あのおどけたような、また悲しいような声をきくと木之助は何ともいえないうっとりした気持ちになるのであった。それで早くから胡弓を覚えたいと思っていたが、父が許してくれなかった。それが今年は十二になったというので許しが出たのであった。木之助はそこで、毎晩胡弓の上手な牛飼の家へ習いに通った。まだ電灯がない頃なので、牛飼の小さい家には煤で黒い天井から洋灯が吊り下り、その下で木之助は好きな胡弓を牛飼について弾いた。

前章まで既に見て来たように、この村には利太郎さん、和太郎さんをはじめ牛飼いが多勢いたし、その中に胡弓がうまくて冬に万歳に出かける人がいたって不思議ではない。だが、その家のランプはやはり巳之助から買ったのにきまっている。電気がまだ来ていなかったところから考えると、巳之助さんはまだあの大八車を曳いており、明治の終りから昭和の初めにかけての話である。

そこで始められた木之助の胡弓の稽古だが、入門者向きはもとより胡弓の稽古のための楽譜などどこにもなかったから、師匠のやる通りにその弾き方を耳と神経をフルに鋭くして、見様見真似で憶え込まねばならなかった。

それに加えてめんくらったのは「わけのわからない」歌だ。その一例として、五大万歳の一つである「地割」の歌い出しの部分を見てみよう。(『近世出かせぎの郷—尾張知多万歳』知多市教委、昭和四二年)

鶴は千年亀は万年お祝い申す/鶴にも勝れし亀にも優る/千代のためしの姫小松/早朝より新玉の年の始の晨には/利生艮《りしょうこん》なる玉の緒の冠、頭に召す/綾なる太刀をば腰にと佩いて/藐姑射《はこや》山の貴人が刀を差して/譲葉《ゆずりは》を口にと含み/五葉なる松をば手に持ちテンナ/宝の君なる源氏の御門に鶴立ちテンナ/内侍が御門を押し開く/お主は豪でさむらいずんば/

衣紋で太夫が久しく／正月登城と定まりテンナ／地割りと、なりては／東には三世夜叉明王／南には軍荼利《ぐんだり》夜叉／西には大威徳／北には金剛夜叉明王／艮《うしとら》には伊舎那天／巽には火光尊／坤《ひつじさる》には羅刹《らせつ》天／乾の方は風雲天と／天には日月／地には八乾地神なり／五台そうには五龍王が／守護し給う所にて／……（以下略）

という調子の全く意味が分からない祝言を耳で聞くだけで覚えねばならないのだから大変だ。当然教える方で少しずつ区切って、言葉としてよりも、曲の流れと調子をのみ込ませることに初めは力を入れただろう。

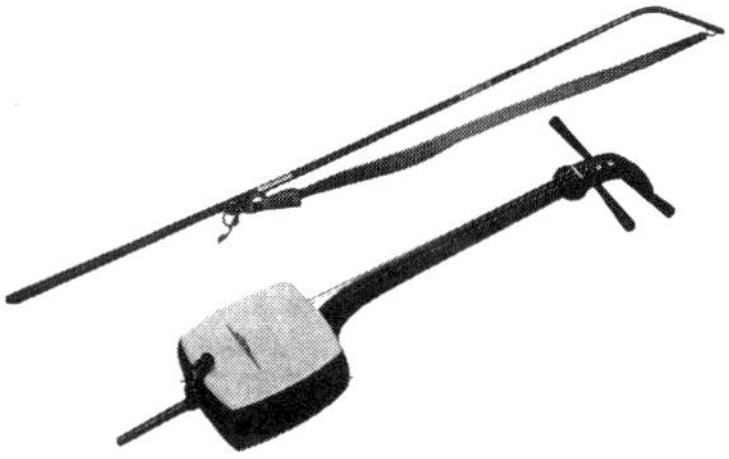

胡弓

そして、それと並べる形で胡弓の弾き方も、基本からきっちり教えられただろう。まず左手の親指と人差し指で棹をしっかり支えて体の左前にまっすぐ立てて持ち、右手で弓毛を水平になるように持って弦に直角に当てるという基本姿勢が大切だ。その上で、ちゃんとした音が出せるようにするには、弓毛を弦に当てたまま左右に滑らかに動かす時に右手の薬指で弓毛に張力を加える必要があることも、きっちり教えられただろう。十二歳になってそういう動きができる体になるまで父も稽古を始めることを許さなかったのだ。

こうして始まった稽古だったが、その牛飼の師匠から、まあ、これくらいなら人前に立ってもよいだろうという許しが出るまで、何十回も師匠の元へ通っただろうし、木之助自身せっせと練習に励んだにちがいない。

では、木之助の晴の出で立ちの様子に入るとしよう。

旧正月がついにやって来た。木之助は従兄の松次郎と組になって村をでかけた。松次郎は太夫さんなので、背中に旭日《あさひ》と鶴の絵が大きく画いてある黒い着物をき、小倉の袴をはき、烏帽子をかむり、手に鼓を持っていた。木之助はよそ行きの晴衣にやはり袴をはき、腰に握り飯の包みをぶらさげ胡弓を持っていた。松次郎はもう二度ばかり門付けに行ったことがあるので、一向平気だったが、始めての木之助は恥かしいような、誇らしいような、心配なような、妙な気持だった。殊に村を出るまでは、顔を知った人達にあうたびに、顔がぽっと赧くなって、いっそ大きい風呂敷にでも胡弓を包んで来ればよかったと思った。それは父親が大奮発で買ってくれた上等の胡弓だった。

この朝、木之助の両親は何と言ってわが子を送り出したのだろうか。上等の胡弓を買ったその時から「誇らしいような、心配なよう」だったのは父親の方だっただろう。

こんな句がある。

衣着て今朝は万歳ごころ哉　　舎羅

万歳の子も万歳の十二歳　　　　高浜虚子
万歳の鶴の広袖ひろげ舞ふ　　　福田蓼汀

間もなく木之助たちは村を出て峠道にさしかかったところで、後からやって来た乗合馬車に追い抜かれる。これは「木之助の村から五里ばかりの西の海ばたの町から、木之助の村を通って東の町へ、一日に二度ずつ通う馬車」だった。岩滑新田から五里ある町というと大野経由常《とこ》滑《なめ》町ということで、東の町は当然半田だろう。

乗合馬車という乗物は街道の往来に制限が多かった江戸時代には存在せず、明治になって自由な移動が可能になると同時に新しい交通機関として登場し、一〇年代に鉄道が普及し始めるまではかなり長距離の便としても利用された。しかし、鉄道網の拡大につれて道路状況が全国各地で大巾に改造されたせいもあって、鉄道駅周辺の近距離輸送に広く用いられるようになり、明治三三年には全国で六一〇五輛、同四三年には八五六五輛にもなっていた。

前掲の光蓮寺住職本多忠孝師の『米寿翁のやなべ』には、次のように記されている。

その昔は、岩滑から大野へ行くのに、ほとんどの人は徒歩で行ったものです。大野には乗合馬車会社があって、大野・半田間はその馬車を利用した時代もありました。半田行きの馬車は、岩滑西郷の栄助さんの前の広場が馬車の休憩所でありました。終点地は上半田の薬師寺東広場であったと思います。岩滑の黒鍬街道という道路は、乗合馬車が通過するようになってから、道路巾が広げられたもので、私はこの事を覚えています。乗合馬車といっても、鉄輪の幌馬車であり、馬は足毛の長いやせ馬で、いわゆる駄馬でした。（中略）
半田から帰途の乗合馬車は、出発前になると、ふり売りの豆腐屋が使う小さいラッパを吹き鳴らし、「馬車　馬車　乗れ　乗れ」と何度も乗客を呼び寄せていました。

木之助たちを追い越して行き、松次郎がこっそり乗って見つかってしまった乗合馬車もこのようにして半田を出て来たのだろう。

そこで改めて木之助たちの行先を確かめておこう。本編冒頭部には「あまり上手でない人や遠くへいけない人」つまりこの時の木之助たちのような者は、「村からあまり遠くない町」へ行ったのだが、そこも村から「三里」はあった。これに該当する岩滑新田の西にある町は、県によって村から町へ格上げされたのは、大野町と常滑町だけだった。

やがて一〇時頃に目指す町に着いた二人は、その入口にある餅屋から門付を開始する。

しかし、
一番始めの餅屋では、木之助はへまをしてしまった。胡弓弾きはいきなり胡弓を鳴らしながら賑やかに敷居をまたいではいってゆかねばならないのだが、木之助は知らずに、「ごめんやす」と言ってはいっていった。餅屋の婆さんは、それで木之助を餅を買いに来

たお客さんと間違えて、

「へえ、おいでやす、何を差し上げますかなも」と答えたのである。木之助は戸惑いして、もぞもぞしていると、場なれた松次郎が、びっくりするほど大きな声で、明けましてお芽出度うといいながら、鼓をぽぽんと二つ続け様にうって其の場をとり繕ってくれた。その婆さんは銭箱から一銭銅貨を出してくれた。木之助は胡弓を鳴らすのをやめて、それを受け取り袂へ入れた。

という、初心者らしいちょっとしたミスをしてしまったのだが、先輩が機転をきかしてうまくカバーしてくれたおかげで、木之助もしっかり胡弓を弾き、目出度《めでた》く謡い納めることができたのだった。

この大野の独特の賑わいについては、既に「おじいさんのランプ」の章でかいつまんで紹介したが、岩滑新田はもとより岩滑でも餅は各家で搗《つ》くものなのに、それを売って暮らしている店があること自体が、この町らしいところでもあった。

こうして一軒目をやりこなした二人は、次から次へといろんな店屋で演じていき、祝儀受取り係である木之助の袂《たもと》は、多くの店で一銭か二銭、中には五厘しかくれない家もあったが、その埋め合わせをするかのように五銭貰えた家もあって、少しずつ重さを増して来て、正午を過ぎた頃には、身動きする度に「ずしんずしんと横腹にぶつかる程」になり、空腹感もその分だけ強くなってくる。

腹がへっては勝はとれぬから、もう仕方がない、横丁にでもはいって家のかげで食べようと話をきめたとき、二人は大きい門構えの家の前を通りかかった。そこには立派な門松が立ててあり、門の片方の柱には、味噌溜《みそだまり》と大きく書かれた木の札がかかっていた。黒い板塀で囲まれた屋敷は広くて、倉のようなものが三つもあった。

「あ、ここだ、ここは去年五銭くれたぞ」と松次郎がいった。で二人は、そこをもう一軒すましてから弁当をとることにした。

この屋敷の門に掛かっていた木の板つまり看板に書いてあった味噌溜というのは、普通の醤油の場合は、大豆や小麦の麹《こうじ》を食塩水に仕込んで作った諸味《もろみ》をじっくり熟成させた上、そこから粕を分離した液であるのに対し、これは、大豆のみを材料にした麹に食塩水を加えてこしらえた味噌から、やがてじわりじわりと滲み出して来た液を溜めたもので、独特の粘っこさがある醤油だった。

この醤油は江戸時代から明治にかけて愛知、岐阜、三重各県の特産物として知られており、『愛知県史』によれば、とりわけ知多郡は溜《たまり》と醤油を合わせた明治二九年の生産高が県全体の二七パーセントを占めていたし、県全体の生産高がピークに達した大正八年には、その三三パーセントが知多郡産だった。

それればかりでなく、その郡内でも、大野は半田、武豊、亀崎等と並ぶ代表的産地であり、それに加えて味噌作りも古くから盛んで、大野味噌というブランド名は江戸時代から江戸、大阪でもよく知られていた。

木之助たちは、恐らくそんなことは全く知らないままに、その大店のお屋敷を訪れたわけだった。そしてこのお屋敷で木之助たちは三人の家人と会うことになる。

その一人目は、玄関前でうずくまってしっかり役目を守っている「大きな赤犬」が怖くて、くっつき合って立ちすくんでいる木之助たちを見て、「この犬はおとなしいから大丈夫だ」「はいれ、はいれ」と温かい言葉をかけてくれただけでなく、おっかなびっくりの二人が入口を入り切るまでその犬を抑えていてくれた、下男らしい小父さんだ。

続いて二人目は次のように登場する。

正面に衝立《ついたて》が立っていて、その前に三宝が置いてある、古めかしいきれいな広い玄関だった。胡弓や鼓の音がよく響き、奥へ吸いこまれていくようで自分ながら気持ちがよかった。

この家の主人らしい、頭に白髪のまじったやさしそうな男の人が衝立の蔭から出て来て、木之助と松次郎を見ると、にこにこと笑いながら、

「ほっ、二人とも子供だな」といった。

これがこのお屋敷の主人だった。その人は二人が一曲終ったところで、「ちょっと休めよ」と言った後、こう続けた。

「こっちの子供は去年も来たような気がするが、こっちの（と木之助を見て）小さい方は今年がはじめてだな」

木之助は小さく見られるのが癪《しゃく》だったので分らないようにちょっと背伸びした。

「お前達は何処から来たんだ」

松次郎が自分達の村の名を言った。

「そうか、今朝たって来たのか」

「ああ」

「昼飯、たべたか」

「まだだ」と松次郎が一人で喋った。「弁当持っとるけんど、食べるとこがねえもん」

「じゃ、ここで食べていけよ、うまいものをやるから」

松次郎はもぞもぞした。五銭はいつくれるのか知らんと木之助は思った。

二人がまだどっちも決めずにいるうちに、主人は一人できめてしまって、じゃ一寸待っておれよ、といって奥へ姿を消した。

そして間もなく三人目が現われる。それは、ご馳走をたっぷり盛った大皿を両手で持って来た「色の白い、目の細い、意地の悪そうな女中」で、二人がその人の指図で式台にそっと腰を下ろし、家から持って来た握り飯と、大皿にのっている昆布巻やたつくりその外《ほか》のご馳走とを、夢中になっているのをじろじろ見ている。

だが、やがてその人は顔を大袈裟にしかめながら、「刺すような声」でポツリ、ポツリと二人の外見や動作にけちを付ける。「まあ汚い足」……「まあ乞食みたい」……「まあ、よく食べるわ、豚みたい」……「耳の中へ垢ためて」……という調子でまだまだ続きそうだったが、ここで主人の足音がしたため、逃げるようにして行ってしまう。

二人が弁当を食べ終りそうな頃合を見て戻って来た主人は、改めて二人に話しかける。「大きな握飯だな、いくつ持って来たんだ」と主人は一つ残った木之助のおむすびを見て言った。六つと木之助は答えた。この半白の頭をした男の人は、さっきより一層親しくなったように木之助には感じられた。

木之助達が食べ終って、「ご馳走さん」と頭をさげると、主人はなおも、いろんなことを二人に話しかけ、尋ねた。これから行く先だとか、家の職業だとか、大きくなったら何になるのだとか。木之助の胡弓は大層うまいとほめてくれた。木之助はうれしかった。「こんど来るときはもっと仰山弾けるようにして来て、いろんな曲を聞かしてくれや」といったので、木之助は「ああ」といった。すると主人は袂の底をがさごそと探していて、紙の撚《よ》ったのを二つ取り出し、一つ宛二人にくれた。

二人は門の外に出るとすぐ紙を開いて見た。十銭玉が一つ宛あらわれた。

二人が予想していた倍もの高額の祝儀は、明らかに二人の少年の明日に期待する激励のしるしだった。この日の帰り途、疲れも忘れた木之助と松次郎は、次はまずどの曲に挑戦しようかなどと、勇んで話し合ったにちがいない。

このようにして、木之助の長い長い毎年のあのお屋敷通いの幕が切って落とされたのだった。


木之助は、来る正月来る正月に胡弓をひきに町へいった。行けば必ずあの「味噌溜」と大きい板の看板のさがっている門をくぐった。主人はいつも変らず木之助を歓迎してくれ、御馳走をしてくれた。

木之助は胡弓がしんから好きだったので、だんだんうまくなっていった。始めは牛飼いから曲を教わったが、牛飼いの知っている五つの曲はじき覚えてしまい、しかも木之助の方が上手にひけるようになった。するともう牛飼いの家に習いにいくのはやめて、別な曲を知っている人のところへ覚えにいった。隣の村、二つ三つ向うの村にでも、胡弓のうまい人があるということをきくと、昼間の仕事を早くしまって、その村まで出かけていき、熱心に頼んで新しい曲を覚えて来た。

とある通り、木之助の熱心さは村人たちも目を見張るような強いものだった。彼が最初に習った「五つの曲」というのは、単にこの師匠である牛飼いの人が知っていた五つという意味ではなく、知多万歳、尾張万歳ではこの五曲をマスターしなければ一人前に認められない基本的演目で、法華経万歳以下、六条、熱田、御城、地割の各万歳だった。この中の「地割」の冒頭部は既に見た通りだった。

　これらの文言は一応書面になっていたりしているが、教える時はもっぱら口伝え、聞き覚えに頼っていたから、何代も送られていく裡に少しずつ変わっていったのは当然で、曲自体は変わらなくても、文言は村々でかなりのずれが生まれていたし、前の「地割」でも見られたように意味不明の語句もそのまま伝えられ、更にひずみが生まれるのはどうしようもないことだった。

　では、ここで木之助の苦労と努力を少しでも推測する参考に、別名を神力ともいう、熱田神宮の造営を祝った万歳の、前半は飛ばして、半ば頃から上げておこう。（前掲書より）

御内陣なる柱の数は／万本ばかりある其の中で／きゝめの柱が四十八本ときわまり《テンナ》／御取りたちは誠に目出度候いける／松尾の太夫が夢に見て／岸の姫松、幾代も経れば／四社の宮建ち／これ住吉の大明神よ／堺の辺《ほとり》の大社の宮は／奈良では春日と祝われける／海には竜宮、川には水神／池には弁財天が御座《おわ》しませば／魔物住むべき所なし／悪魔外道が立ち去りて／剱立つ熱田の宮の大明神／屋根は桧皮《ひはだ》で千木高く／庭の表を見申すれば／白木づくりでしげたる木／錦の小舞をあげて悦び候いける／御正殿や舞殿所／御食所殿に御宝殿／拝殿に御倉の数は数知れず／御神木に楠の木を／その他、桧に松に梅／櫻に榊をこきまぜて／ならずの梅も栄えなる

と展開し、更に少し飛ばしてその最終部。

四面八丁十六丁／図を引いては縄を張り／築地をついて堀をほり／福の内は又善哉四方のまん中で／エンヤラヤーと建てられける／御家は栄えて万歳楽トハ／誠に目出度候いける

と、目出度く謡い舞い納めるのだった。

このように長いものをすっかり全部憶え込むだけでなく、合わせて胡弓も弾き続けるわけだから、腕力、筋力、指の力も必要なのは当然で、しかもあのご主人に聞いてもらえるだけのうまさがなければならない。とりわけ胡弓の場合は指の微妙な力の入れ加減や弓毛の動かし方によって音色が違ってくる。

最初のあの日にあの主人が褒《ほ》めてくれたのは、木之助の音感の良さを認めたからだから、彼は自分で納得できる音や曲調が出て来るまで、根気よく練習を重ねたにちがいない。

その間に彼も妻を貰う年齢になり、子どももできたと書いてあるから、その頃にはあの日から十数年経っていたのだが、彼自身にとってはその長さは感じられない程だったろう。

●團體割引

一、團體割引は左の各項の一に該當するものに割引を致します

（イ）特別團體

（一）官立、公立學校及監督官廳の認可を得て設立した私立學校の學生、生徒及敎職員並鐵道省で特に認めた生徒の附添人より成る團體で敎職員が引率するもの

（二）工場法又は鑛業法の適用を受けて居る工場の勞働者、鑛夫又は出稼漁夫の團體で相當責任ある代表者が引率するもの

（三）鐵道省で特に認めた勞働者又はこれと同樣の團體で相當責任ある代表者が引率するもの

（ロ）普通團體

特別團體以外のもので相當責任ある代表者の引率するもの

二、團體旅客に對しては五十人以上一團となり旅行する場合に限りて四月を除く外は三等旅客運賃の割引を致します。但し運輸上に支障ある場合は此の限りでありません

三、團體旅客に對する割引率は左の通りであります

種別 / 割引期間 / 人員	特別團體			普通團體		
	五十人以上	二百人以上	五百人以上	五十人以上	二百人以上	五百人以上
第一期	二割五分	三割	四割	一割	一割五分	二割
第二期	四割	五割	六割	二割	二割五分	三割

割引期間の第一期は一月一日より同月十日迄、三月一日より同月末日迄、五月一日より同月末日迄、七月一日より十二月末日迄です

割引期間第二期は一月十一日より二月末日迄、六月一日より同月末日迄です

四、團體旅客は前記の人數に達せない場合でも之に該當する運賃を支拂ひ所定の割引を受けることが出來ます

五、團體旅客に對する運賃は普通運賃又は旅客運賃料金規程第廿六條の特定運賃に依つて計算した總運賃額より相當の割引額を控除して厘位は之を切捨てた額とします

六、團體旅客に對し運賃の割引を爲すときは百人未滿の團體では内一人、百人以上の團體では百人每に内一人を監督者として無賃で乘車船する事が出來ます

『公認　汽車汽船旅行案内』（旅行案内社、大正10年８月）より

それから更に歳月は流れ、ある年の旧正月が近づいた時、彼が松次郎に今年の門付けの打合わせに行くと、いきなり予期もしていなかったこんな言葉を返される。

「もうこの頃じゃ、門付けは流行らんでな。ことしあもう止めよかと思うだ。五六年前まであ、東京へ行った連中も旅費の外に小金を残して戻って来たが、去年あたりは、何だというじゃないか、旅費が出なかったてよ」

この文中の「東京へ行った連中」に関しては、前に引用した『やなべの歩み』の文の中に、大正半ばには東京へ団体列車が出たとの記述があったから、ちょっとここで触れておこう。

別名を万歳列車というこの活動が何年何月から始められたのかははっきりしないが、大正の

初め頃から、知多郡八幡村を中心とする尾張万歳の一行が、国鉄（現・ＪＲ）の明治三〇年代からある団体割引制度を利用して、東海道本線大府駅から一月末に東京へ向けて出かけていた。

この制度は全国的には児童生徒たちの修学旅行に適用されてよく知られているが、門付万歳も「出稼漁夫」に準ずるものと見て認可されたらしい。その割引率は別表のように時期と人数によって違いがあり、一月一一日から二月末日までなら、三〇人以上で四割引、二百人以上で五割引、五百人以上で六割引で目的地まで行けるという特典だった。

つまり、希望者を募って二人万歳ならば百組、三人万歳なら六十七組集まれば、各自子ども料金になるわけだから、東京で門付万歳が盛んだった頃、この団体列車が流行ったのは無理もない。その最盛期には大府駅と熱田駅との駅長同士で利用者確保のためのサービス合戦まであったという事実が、八幡では詳しく伝えられている。

だから、岩滑からも何人かはこの万歳列車を利用していたらしいが、松次郎は、その連中が去年は割引されるその旅費の分も稼げなかったということを自分が辞める理由にしたが、家の人の話では、彼が去年も一昨年も門付で貰った祝儀を、帰り途に居酒屋に寄って全部飲んでしまうことを非難されているのだと分かった。

それで木之助はこれからは一人でも行くぞと決心する。

いかにも年々門付けはすたれて来ている。しかし木之助の胡弓を、松次郎のたたく鼓を、その合奏を愛している人々が全部なくなったわけではないのだ。少くとも（と木之助はあの金持の味噌屋の主人のことを思った）あの人は胡弓の音がどんなものかを知っている。

翌朝木之助は早朝に起き、使いなれた胡弓を持って家を出た。道や枯草、藁積などには白く霜が降り、金色にさしてくる太陽の光が、よい一日を約束していたが、二十年も正月といえば欠かさず一緒に出かけた松次郎が、もうついてはいないことは一抹の寂しさを木之助の心に曳いた。

この文中に「二十年も」とあるのも木之助の述懐だから、少くとも二十年はという意味と見てよく、彼も三五、六歳になっていただろう。

やがて大野に着いた木之助が、「お午まで十軒」回った後にあのお屋敷へ行くと、「今はいい老人」になったご主人は、喘息に悩まされつつも彼を立派な座敷に上げてくれ、望まれるまま木之助が五、六曲弾くと、「いつものようにご馳走」してくれ、「多分のお礼」を頂戴した木之助は、一人でも来てよかったのだと心の底から満足して帰路につく。

「それから又数年たって門付けは益々流行らなく」なり、「旧正月が近づいたといっても、以前の様に胡弓のすすりなくような声は聞えず、ぽんぽんと寒い空気の中を村の外までひびく鼓の音も」さっぱり聞こえなくなってしまう。

こうして一人で門付に出るようになってまた一〇年程過ぎたところで、木之助の八八歳になっていた父親が旧正月の朝静かに天寿を全うしたため、その年はもちろん門付にも出られず、その翌年は木之助自身が重い感冒を患って動けなくなり、あのご主人が待っているのにと思いながら涙を呑む。

そしてその翌年、木之助はすっかり体が弱くなって、喘息に悩まされるようになりながらも今年こそは何があっても大野へ行くぞと意気込む。しかし、家族は何とか思い留まらせようと心を砕く。

とりわけ、旧正月の前の晩、寒さのせいもあって長い間咳込んでいる彼を見て、近々嫁にいくことになっている三女が「お父っつあん、そんなふうで明日門付けに行けるもんかい」と言ったとたん、彼は激高して怒鳴りつけたりする。

この時彼は四五、六歳だと考えられるが、十二歳のあの日以来、唯一人の聞き手であり理解者であるあのお方に励まされて三〇年以上も稽古を重ね、自らの生き甲斐とばかり思い詰めて胡弓の芸を、全面的に否定されたような気がして、ついカッとなってしまったのだった。

だが、女房が最も心配しているのは、去年からにわかに衰えが進んで来た夫の体のことだった。とりわけこの日は珍しく朝から雪が降り通しで、見たことがない程も積もったから、夜になって降るのは止んだものの、明日になっても雪どけ道はさぞかし歩きにくいだろう。

しばらくみんな黙っていた。竹藪でどさっと雪が落ちた。

「お父つあんも気の毒な人だよ」と女房がしんみりいった。
「もうちっと早くうまれて来るとよかっただ、お父つあん。そうすりゃ世間の人はみんな聴いてくれただよ。今じゃラジオちゅうもんがあるから駄目さ」

木之助は話しているうちに段々あきらめていった。本当に女房や娘のいう通りだろう。世間が聴いてくれなくなった胡弓を弾きに雪の道を町まで行くなどは、こけの骨頂だろう。それでまた感冒にでもなって、女房達にこの上の苦労をかけることになったらどんなにつまらないだろう。眠りにつく前、木之助はもう、明日町へ行くことをすっかり諦めていた。

この夜、木之助が眠る前にこんな心境になっていた根底には、女房が最後に言った言葉、「今じゃラジオちゅうもんがある」云々があったのではないだろうか。

わが国で初めて東京芝愛宕山の放送局から、「あーあーあー聞こえますか。ＪＯＡＫ、こちらは東京放送局です」という第一声でラジオ放送が開始されたのは、大正一四年三月一日のことだった。

実はこれは試験放送で、それ以来全国各地の電気店でラジオの販売合戦が展開された後、ＪＯＡＫでは七月一二日に本放送が行われるようになり、その後を追うようにしてＪＯＢＫ大阪放送局、ＪＯＣＫ名古屋放送局が放送を開始し、これらのコールサインが毎日家庭でも聞かれるようになる。それ以来、元日をはじめ国の式日には荘重な音楽が何度となく流れ、平日でも昭和初期には和楽器の演奏がかなり組まれていた。
木之助の家でも既にラジオを買っていたのではないだろうか。

その翌《あく》る朝は昨日と打って変わってすばらしい好天で、学校の始業を告げる鐘の音が、カンカンカーンと木之助の耳に明るく飛び込んで来た。「こんな風のない空気の清澄な日」には胡弓もよく鳴るものなんだ、そう思ったとたんに木之助は敢然と決意する。

そうだ、いこう。こけでも何でもいいのだ、この娑婆に一人でも俺の胡弓を聴いてくれる人があるうちは、やめられるものか。

女房や娘はいろいろ言って木之助をとめようとしたが駄目だった。木之助の心は石のように固かった。

「それじゃお父つぁん、町へいったらついでに学用品屋で由太に王様クレヨンを買って来てやってな。十二色のが欲しいとじっと（いつも）言っているに」と女房はあきらめていった。「そして早う戻って来にゃあかんに。晩になるときっと冷えるで。味噌屋がすんだらもう他所へ寄らんでまっすぐ戻っておいでやな」

女房のいうことは何もかも承知して木之助は出発した。風邪をひかないようにほっぽこ頭巾をすっぽり被り、足にはゴムの長靴を穿いて。何という変てこな格好の芸人だろう。だが木之助には格好などはどうでもよかった。久しぶりに胡弓を弾きに出られることが非常なよろこびだったのだ。

ここで木之助の女房は夫の町行きを認める口実、あるいは交換条件として、息子のためにクレヨンを買って来て欲しいと頼んでいるが、息子がそれを欲しがっているのにも理由があった。実は文部省が昭和八年度からの授業内容に関する規定変更によって、小学二年から四年までの図画の授業のペン画を描かせていたのをクレヨン画に変えたのだった。それによって教科書にも当然クレヨンによる彩色画がいくつも出ていたから、その学年の小学生の間で何色のクレヨンを持っているかが関心を集めていたわけで、王様クレヨン社の十二色の広告がこの年からいろいろな児童雑誌に特に大きく扱われるようになっていた。

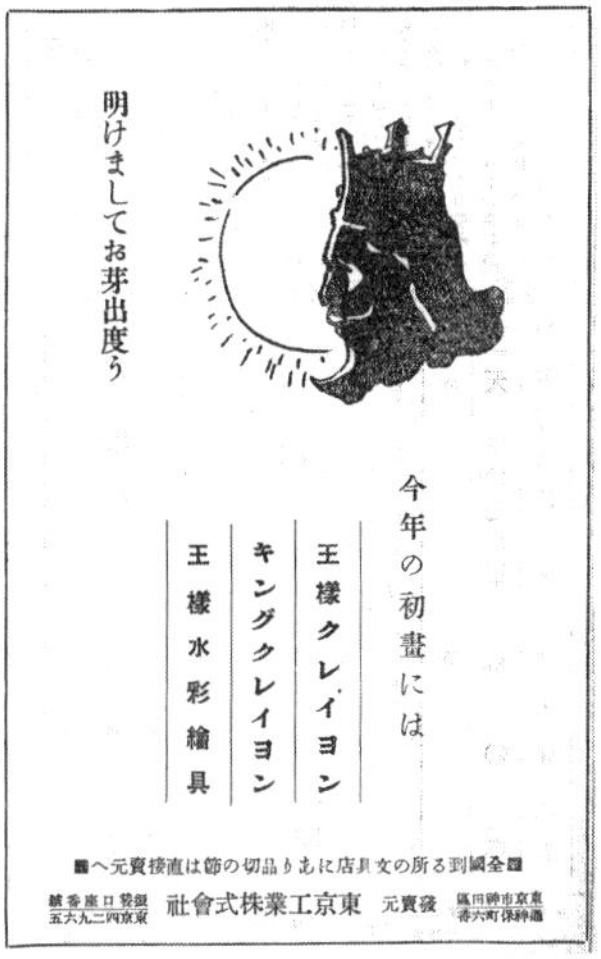

『赤い鳥』大正14年1月号掲載のクレヨンの広告

南吉がこの女房のせりふにこのクレヨン名を出したのは、『赤い鳥』で確認してあったからだった。

やがて三里の道を無事に歩き通し、町へ入った木之助は、早速三年前まで定番だった家で門付を始めたのだが、続けて四軒申し合わせたかのように門前払いをされたため、そこで予定を変更してあの味噌屋へ向かうことにした。ところが、その家のあの看板は何とか販売店に入れ変わっており、出て来た若い人から父は去年の夏死んだと知らされ、門付はあっさり断られてしまう。その玄関前にこれ見よがしに置いてあるオート三輪も、木之助の目には冷たく映る。これは、昭和一〇年に全国の生産台数が爆発的に急上昇した、時代の最先端を突っ走る小回りの効く運搬用の乗物だった。

門を出ると、一人の風呂敷包みを持った五十位の女が、雪駄の歯につまった雪を、門柱の土台石にぶつけてはずしていた。木之助を見ると女の人は、おや、と懐しそうにいった。木之助は見て、その人がこの家の女中であることを知った。

つまり、三十年前初めて木之助が松次郎に連れられてここへ来た時、この人はまだ二十歳前だった。だからこそ少し年下の田舎の子らに、あんなねちねちと冷たく当たったのでもあった。しかし、この時、彼女が木之助に対して話しかけて来たのは、こんな言葉だった。

「お前さん、しばらく見えなかっただね、一昨年の正月も昨年の正月も、なくなられた大旦那が、あれが来ないがどうしたろうと言っておらしたに」

それで木之助が自分の方の事情を簡単に説明すると、その人は更にこう続けた。

「そうかね、お前さん知らなかっただね」と年とった女中はいって、それから優しく咎めるような口調で言葉をついだ。「去年の正月はほんとに大旦那はお前さんのことを言っておらしただに。どうしよったただろう、もう門付けなんかしてもつまらんと思って止めよっただろうか、病気でもしていやがるかって、そりゃ気にして見えただよ」

この後、その人の好意で木之助は仏壇の前へ導かれてお参りをし、供養のために心を込めて胡弓を弾いてお別れを告げる。

　門を出ると木之助は、道の向う側からふりかえって見た。再びこの家に訪ねて来ることはあるまい。長い間木之助は毎日の生活の中で、煩わしいことや冗《くだ》らぬことの多い生活の中で、竜宮城のように楽しい想いであったこの家も、これからは普通の家になったのである。もはやこの家には木之助の弾く胡弓の、最後の一人の聴き手がいないのである。

　木之助はすっぽりほっぽこ頭巾をかむって歩き出した。町の物音や、目の前を行き交う人々が何だか遠い下の方にあるように思われた。木之助の心だけが、群をはなれた孤独な鳥のように、ずんずん高い天へ舞いのぼって行くように感ぜられた。

このように心の中に大きな穴があいてしまった木之助は、たまたま通りかかった古道具屋の看板を見ているうちに、「聴く人のなくなった胡弓など持っていて何になろう」という気分が湧くまま、その店に入って行って胡弓をあっさり売ってしまう。

　そして、女房に言われていたクレヨンを買ったとたん、たちまち後悔して先程の店に行って買い戻そうとするが、倍の値を告げられて買う金もなく、がっくりしてその店を出る。

午後の三時頃だった。また空は曇り、町は冷えて来た。足の先の凍えが身に沁みた。木之助は右も左も見ず、深くかがみこんで歩いていった。

このラストシーンの木之助の後ろ姿には、自分の思慮のなさへの絶望感や表わしようのない深い孤独感と共に、古き佳き物や人間同士の心の通わせ合いなどは平気で切り捨てて、営利のみを性急に追いかける風潮に対する、遣《や》りようのない憤りが滲み出ている。それは、取りも直さず、これでよいのかという作者南吉自身の強い抗議でもあった。

そこで、執筆当時の南吉の関連状況を確かめておこう。

昭和一四年四月二三日の日記には、巽聖歌及び旧知の江口榛一からの来信について、

江口のはハルピン日日新聞社の文芸部にはいったから原稿を送れというのであった。コントでも童話でも詩でもなんでもというのであった。

と書いてあり、この日曜日の一週間ぶりの岩滑での行動をあれこれと書いた後、

原稿用紙と古い二三の原稿を持って、七時何分のガソリンにのった。藤江の駅でとまったとき開いたドアから、蛙の声が聞えて来た。しみじみと季節を感じた。

とある。江口の要望に早速応えようと考えて、原稿用紙の外に既に書いてあった作品二、三編を鞄に入れて、夕方のガソリンカーで安城の下宿先へ戻ったわけだろう。

この「古い二三の原稿」がどんな内容のものだったかは全く分からないし、この日の日記には、この後大府で汽車に乗り換えてから目撃した、十人程の角力《すもう》取りと一人の老人との車中での喧嘩の様子を、互いの科白《せりふ》もそのまま入れて非常に詳しく書いている。ひょっとすると、これもそのままネタとして使えそうだという思惑が働いたのかも知れない。

それはさておき、この日から四日後、四月二七日の日記には、いきなり、

〝最後の胡弓弾き〟を書き出す

と出て来て、その前日二六日の水曜日は日記を一行も書いてなく、更にその前日は安城第一小学校へ生徒と共に行って聞いた陸軍の部隊長の近代戦に関する講演の内容をあっさり書いてあるだけだ。

そこから考えると、火曜日は本編のプロットあるいは主人公について考えて簡単にメモをとったりし、水曜にはディテールをあれこれ詰めてノートをとり、木曜に執筆を開始したという運びだったのではないだろうか。

その翌二八日も日記は書かれてなく、土曜日二九日には二人の生徒に「〝最後の胡弓弾き〟の清書をさせる。筆の遅いのには驚いた」と書いた後、学校での出来事をあれこれと書いている。

以後そのような記述が続いた末、五月七日日曜日の記事冒頭にこう出ている。

朝〝最後の胡弓弾き〟を脱稿した。四十四枚、終りの方に不満なところがあるが今はと

てもなおす気は起きない。

朝書き上げたというところを見ると、夜通し書いたということだろうか、書き始めてから丁度十日目に書き終えたわけになる。そしてこの日は午前、午後に分けて生徒を数人呼んで清書をさせ、午後四時に江口宛に発送している。その『ハルピン日日新聞』での掲載が始まったのは、五月十七日からだった。

では、その執筆以前に遡って、南吉と門付万歳に実際に従事した体験者との接点がどうだったろうか。

前掲『やなべの歩み』には次のように記されている。

岩滑、岩滑新田では、次の人たちが昭和十年頃まで門付万歳に出かけていた。

深津初太郎、森佐一、榊原平助、榊原佐三、深津文之助、榊原喜代蔵、榊原土井蔵、

榊原文助、岩田関三郎、榊原太吉

これらの人々を『校定全集』で確かめると、まず榊原喜代蔵は、南吉の八歳年上で日露戦争が終った年に生まれ、大正六年に小学校を卒業しており、岩滑新田の現在岩滑高山町五丁目の高山の東側にある松林で、胡弓弾きがよく練習していたと言っていたという。その同姓である榊原佐三は彼の従兄で二人とも農家だったから、木之助と松次郎のモデル乃至《ないし》は南吉が執筆に当ってイメージに描いていた人物が、この二人であった可能性は少なくないだろう。また榊原

平助は昭和一五年頃まで門付万歳に出ていたそうだし、この十人以外に榊原由一も出ていたといわれている。

残念ながら南吉の日記には、執筆時期はもとより二、三年遡《さかのぼ》って確かめても、これらの経験者に体験談を聞いたという記述はないが、何らかの意図があって書かなかったのではないだろうか。その詮議は別にして、南吉が話を聞いたであろう誰もが口にしたのは、門付けや胡弓などというものは最早時代遅れで、消えていくのが当然だったという意味の言葉だったろう。

しかし、今日、門付け自体は確かに消えたが、木之助があれ程愛した胡弓は消えるどころか、見事にその真価を発揮しつつある。

その一例が古典的芸能である歌舞伎における役割である。例えば、代表的演目の一つ「壇浦兜軍記」で景清の恋人である阿古屋が、楽器演奏の腕試しをされる場で用いられる楽器は、琴、三味線の次が胡弓であって、その独特の調べは阿古屋の心を切々と訴え切る。また、特に関西歌舞伎においては、切腹の場面をはじめ愁嘆場では必ず胡弓の音が秘めやかに流れ、舞台を一段と盛り上げている。そして、これらを含めて歌舞伎そのものの国際的評価は目下ぐんぐん上昇中だという。

その一方で、地歌演奏家の活動も見逃せない。胡弓そのものの楽器として改良も加えられて、それに応じた曲の創作も進められる外、箏・三味線・胡弓の合奏である「三曲」において、新しい曲が次々と創られて演奏の機会が多くなり、新たな層の聴き手が着実に増えつつあると言われている。

もう一つの例は富山県八尾《やつお》町で行われる初秋の年中行事「風の盆」である。ここで歌われる古くから伝わる民謡おわら節は、明治の終りまではその伴奏に三味線と尺八だけが用いられてきた。ところが、大正に入って八尾ではその伴奏に胡弓を加えようとする先駆者が現われ、それによって演奏ばかりでなく歌声にも踊りにも巾と厚みが出てきた。つまり、一つ一つの歌に込められた嬉しさや寂しさ、悲しさ、楽しさがはっきり伴奏の音色に表われ、踊り手も聴き手もその世界にたっぷり浸れるようになり、今や毎年九月一日からの三日間は、おわらの歌と尺八、三味線、胡弓に合わせて町じゅうを男女の踊り手が練り歩き、県内外の見物客で文字通り身動きできない賑わいとなる。

それもこれも平和な今日なればこそで、あの後木之助の前に待っていたのは、全国各地がまき込まれるあの戦争への道だった。

南吉没後七〇年、生誕百年の今日、木之助が味わったあの悲しみは、このように乗り越えつつあることを、今改めて噛み締めたい。

第六章　昭和一〇年代半ば、国と体とに迫り来る波の中で

そこで、以上の五編を中心に南吉の内面的変化を改めて確かめてみよう。

これらはどれも彼の最終闘病期に書かれたもので、その前後に書かれた注目すべき作品名を執筆順に並べると、次の通りである。

作品名	脱稿時期（昭和）
「最後の胡弓弾き」	14・5・7
「久助君の話」	14・10・18推
「屁」	15・3推
「川」	15・10推
「ランプの夜に」	16・2

「良寛物語　手毬と鉢の子」	16・3・9
「嘘」	16・6？
「うた時計」	16・11・24
「ごんごろ鐘」	17・3・26
「貧乏な少年の話」	17・3？
「おじいさんのランプ」	17・4・2
「牛をつないだ椿の木」	17・5・19推
「百姓の足・坊さんの足」	17・5？
「花の木村と盗人たち」	17・5？
「和太郎さんと牛」	17・5推
「鳥右衛門諸国をめぐる」	17・5？
「狐」	18・1・8

では、このような状況を踏まえた上で、順次個別に検討を加えていこう。

まず「最後の胡弓弾き」に関して印象に強く残るのは、主人公木之助との初対面における味噌屋の主人とこの家の女中の反応の違いだった。それを心に留めて他の作品を読んでみると、これに通じるような対人行為が明白に見られるキャラクターが登場してくるものがある。

例えば「良寛物語」では、少年時代の良寛こと栄蔵が、屓揚げが得意な貧しい家の子である新太郎ちゃんを連れて呉服問屋を訪れた時の、この家での対応である。ここでは、栄蔵が連れて来たのが元使用人の子であるというだけの理由で、親も子も差別的対応に終始し、高圧的態度を次第にエスカレートさせていく。

それに対し、新太郎ちゃんは自らが犯した失敗によって問屋の子に損害を与えたその穴埋めをするため、後に書かれる「牛をつないだ椿の木」で海蔵さんが自らに課したのと一脈通じる方法で、やがてそれを弁償をする。しかし、問屋の兄弟はその行為さえも平気で否定する態度に出、眼前でこれ見よがしに踏みにじってしまう。

そこで栄蔵は思う。

考えて見ると、こんな種類の不合理や不正が、世の中には実にたくさんあるように栄蔵には思われた。子供達の間ばかりでなく、大人達の世界にも。

どうして惣兵衛ちゃんは、もっと新太郎ちゃんの気持を汲んでやらないんだろう。そうすれば、こんなことはないだろうに。

どうして力のある人々は、力のない人々のことを思ってやらないのだろう。どうしてお金のある人々は、貧しい人々の気持を察してやらないのだろう。

そしてこの疑問を抱いたまま数年後に若くして名主である父の地位を嗣《つ》がされるわけだが、また新たな出来事に遭遇して心を深く傷つけられた栄蔵は、遂に出家を決意し、貧しい者や弱い者の側に立つ僧、良寛として特異な一生を過ごすことになる。

そこで木之助の話に戻ると、珍しく積もった雪を踏みしめて丸二年の空白を埋めたい一心で訪れたあの店では、「頭をぴかぴかの時分けにし、黒い太い縁の眼鏡をかけた若主人」から、「君、知らなかったのかね、親父は昨年の夏なくなったんだよ」とあっさり告げられ、一曲やって行けとも、上ってお参りしろとも言われない。

木之助自身もこの人とはこれが初対面だったが、この若旦那は、その外見がはっきり示しているように流行に敏感な、ご時世の先端を切って走ろうとしたがるタイプの人らしい。だから恐らくあのご主人も、晩年にはこの息子から特に商売の上では時代遅れだと批判され、肩身のせまい思いをさせられており、それ故にこそ木之助の来訪を心待ちしていたのかも知れなかった。

それやこれやを含めて、この「最後の胡弓弾き」は、ゆとりも潤いもない金儲け一辺倒の世潮に関し、悲しみと憤りを込めた南吉の抗議の一編なのだった。

この次に書かれた「久助君の話」も、木之助の話と同様、『ハルピン日日新聞』に掲載されたものだが、作風は全く違っている。岩滑《やなべ》を想定しているらしい村の五年生久助君が、秋晴れのある日、遊び相手を探しているうち、ほら兵こと兵太郎君と出会い、二人で乾《ほ》し草の上で転げ合って遊ぶのだが、上になり下になりして狂い遊ぶうち、久助君は相手の横顔が見知らぬ少年のような気がして来て、妙な気分に陥るという、心理小説風な作品であった。

更にこの続編とも言える「川」では、秋の末の冷たい川の中に下半身をどれだけ長く浸しておられるかという我慢比べを、久助君、兵太郎君と森医院の徳一君の三人で行うのだが、一等になった兵太郎君の様子がおかしくなったので家までかついで行く。その翌日から兵太郎君は学校へ来なくなり、大いに心を痛める。しかも半年後彼が死んだという噂が広がり、久助君はより強く悩むのだが、そのうち兵太郎君が可愛がっていた子山羊を村で見かけ、彼は決して死んでいないと久助君は確信を持つという作品である。

これら「久助君もの」に関して、後にこの二編も掲載された南吉の第一童話集『おじいさんのランプ』の「あとがき」で、読者である少年少女に向けて彼はこう述べている。

……前の本は、良寛さんと私のふれあいから生まれたのでした。ところが、この童話集は、まったく私一人の心から生まれたものです。久助君、兵太郎君、徳一君、大作君達は、みんな私の心の中に生きているので、私の村にだってそんな少年達がじっさいにいるのではありません。

と力説しているのだが、やはりその『おじいさんのランプ』に収められている「嘘」では、はっきり「久助君の通っていた岩滑の学校の五年の教室」と書いている。これは南吉本人が自分で実際にあったような感覚を持とうという意識が働いて、つい筆が滑ったのかも知れない。

この作品は、風邪で五日間欠席した久助君が、自分たちの学級に太郎左衛門という古風な名前の横浜からの転校生がいることに、強い関心を寄せることから始まる。

しかも彼の住んでいる屋敷は久助君の通学路の途中にあり、ある日誘われるまま庭へ入ると、うす暗い一室で机の上に置いたランプに灯をともし、誰か見えない相手に対して、これはお父さんがマルセーユへ行った時に見付けて買って来たランプだなどと、大きな声で話しかけているのを目撃して、久助君はかなり強くショックを受ける。実はそれは姉が通っている女学校でやる劇の稽古をしているのだと太郎左衛門は説明したが、久助君は何かに化かされたような気がする。

その頃には太郎左衛門があることないことを平気で話す子だと皆分かるのだが、ある日、仲間数人と彼の口車にまんまと乗せられて、遠く離れた西海岸の大野まで軍艦を見に行ってやはり嘘だと分かる。しかももう夕闇が迫っていて帰りが心配になる中、彼の親戚の家を探し回った末に辿り着くことができ、これだけは嘘でなかったと分かってほっとするという話だった。

このような昭和一〇年代の小学生男子の日常生活をリアルに描いて、その心理状態を明らかにしようとした「久助君もの」に比べ、同手法をとりながらも、より広い視野に立とうと試みたのが、やはり『ハルピン日日新聞』にまず発表された後、第一童話集に収録された「屁」だった。

春吉君が級長をしている五年のクラスには、いろんな屁を巧みに放ることができる石太郎や、屁に敏感な古手屋の子の遠助もいて、石太郎は皆から屁こき虫と呼ばれて馬鹿にされていた。

ある日の六限目の手工の時間、茶碗作りに専念していた春吉君はうっかり屁を放ってしまい、誰も気付かないようにと身を固くしている。だが、間もなく遠助君が真っ先に臭いと言い出すと、皆がいつものように「石だ」「石だ」と騒ぎ立てる中、黙っている石太郎は、これもいつものように先生から鞭の尻でこづかれるが、それでも平然としていてこの場は収まる。

この間、自分が張本人だと名乗らねばならないと思いつつも、その勇気が出なくて黙っていた春吉君は、友だちにも家族にも相談できずにあれこれと思い惑わされるが、十日もするとそれも次第に薄らいでいく。しかし、それ以来は教室で屁騒動が起きても、簡単に石太郎の屁だとは信じなくなる。

疑い出すと残らずの者が疑えて来る。いや恐らくは、誰にも今までに春吉君と同じような経験があったに相異ないと考えられる。

そういう風に、みんなの狡猾そうに見える顔を眺めていると、何故か春吉君はそれらの少年の顔が、その父親たちの狡猾な顔に見えて来る。大人たちは世智辛い世の中で、表面は涼しい顔をしながら、汚いことを平気でして生きてゆくには、この少年たちが濡れ衣を物いわぬ石太郎に着せて知らん顔をしているのと、何か似通っている。自分もその一人だと反省して自己嫌悪の情が湧く。だがそれは強くない。

心の何処かで、こういう種類のことが、人の生きてゆくためには、肯定されるのだと春吉には思えるのであった。

というまとめでこの作品は終っている。

この生活体験は、このようにして春吉君にとって少年期の思考程度から二段も三段も抜け出した、人間発見の貴重な機会だったわけが、実は、作者である南吉自身にとっても、その作風の巾を大きく広げる重要この上ない転機になったと言えそうである。その後の彼の作品傾向は、自分が一人の書き手として暮らしているこの岩滑には、現代に密接につながるほんの少し前の時代、つまり自分の父の時代に生きていたさまざまな大人たちの逞《たくま》しい生き様を、もっと肯定的に描こうとするように変わってきたように思われる。

それを意識して、続けて確かめていこう。

その一番手が「屁」の丁度一年後に書かれた「うた時計」である。

廉少年がたまたま道連れになったあの男周作は、父親の言葉によれば「長い間わるいことばかり」してきて、「十何年ぶりに家へもどって来た」と思ったら、今朝「もう悪い手くせを出して、この二つの時計をくすねて出かけやがった」極道者だった。だから、廉に対しても「連隊みたいなところ」にいたと言う前科者で、春吉君の言う「表面は涼しい顔をしながら、汚いことを平気でして」いる、狡い奴の一人だった。

そんな男が廉少年の純な心に触れたばっかりに盗んだばかりの品を返して行ったと知った父親は、その行った方を見ながら、昨夜周作がひょっこりやって来た時に言った「今度こそ改心してまじめに町の工場で働くことにした」という言葉を思い浮かべ、本気で立ち直ってくれと何度も心の中で繰り返したに違いない。それは南吉自身の願いでもあった。

その次に書かれた「ごんごろ鐘」は少し趣きが変わり、戦争の進展に伴い鉄製品を軍事用に供出する制度が実施された際の、この岩滑での対応が題材になっている。実際に南吉がモデルにしたのは岩滑中町の光蓮寺の大鐘で、献納当日小学生を含めた大勢の村民が鐘を囲んで撮った写真が、現在も光蓮寺に残っているが、この作品では岩滑新田の尼寺観音寺の鐘という設定になっている。

そして、昭和一七年六年生の男の子が書いた記録の形をとっており、三月六日村会で供出が決まった日の主人公の家での話、同二二日多くの村人が集まって鐘供養をした後、牛車で半田へ運ばれて行く鐘を五、六年の子らがしんたのむねの下まで行って見送るまでの経過、その翌日、うっかりして一日遅れて深谷から鐘を見送りに来た歩行困難なお爺さんを、主人公たちが搬送先の半田小学校まで連れて行き、家まで送ってあげた話、という三部構成になっていた。

興味深いのは二二日に鐘を運んだのは和太郎さんの牛車だったが、この作品ではその運んだ様子が簡潔に記されているに過ぎないところを見ると、南吉の意識にも未だ何も芽生えていなかったらしい。それ以上に注目されるのは、この二三日夕食後の主人公の家での語らいの場における次の文である。

ちょうどそのとき、ラジオのニュースで、きょうも我が荒鷲が敵の〇〇飛行場を猛爆して多大の戦果を納めたことを報じた。

僕の眼には、爆撃機の腹から、ばらばらと落ちてゆく黒い爆弾のすがたがうつった。

「ごんごろ鐘もあの爆弾になるんだねえ。あの古ぼけた鐘が、むくりむくりとした、ぴかぴかひかった、新しい爆弾になるんだねえ」

と、こう言ったのは主人公だが、当時の戦況は、ビルマ（現・ミャンマー）に攻め入った日本軍は三月八日に首都ラングーンを占領し、翌九日にはジャワ島のオランダ軍を降伏させていた。それに伴い、この三月二〇日頃からはしきりにインド南部のイギリス軍の飛行場の空爆を行っていたから、このラジオニュースもそれを報じたものだった。

それを聞いただけで六年生の主人公が、爆撃機の腹から黒い爆弾がばらばら落ちる様子を思い浮かべたのは、あの鐘が寺を出発する前に大人たちがこの鐘で爆弾が何発できるかなどと話していたのが、印象として残っていたからだろう。生活上ではいろいろと統制が厳しくなってはいたものの、太平洋戦争は開始後ようやく四カ月になるところで、人々の間にはまだ戦勝ムードが強かったから、南吉もその流れを当然のように受け止めていた。

とりわけ彼は前年一二月末に尿の中に血が混ざっているのを見て、腎臓結核か尿道炎かと思って死を覚悟しながらも、「対米英戦にひどく興味」を抱き、「綿密に朝刊夕刊を読んでいた（一二・二四日記）程だった。だから年が明けて一月一一日、成岩の中野医院で正式に腎臓炎の診断が下り、「宮沢賢治や中山ちえもあちらの世界にいるのだ、と思うと」云々と日記に書いたりするものの、その後は静養に努めたようで、やがて体力回復の目的も含めて近くの散歩もしていたらしい。そしてこの三月二二日には彼の寝所である常福院前の離れの家を出て、すぐ近くの光蓮寺まで行ってこの鐘を見送ることもできたらしい。

それは前年一二月一六日の日記にあるように、父から聞いたこの鐘の鋳造にまつわる話が心に残っており、更に子どもの頃から何かにつけてこの寺に出入りしていたせいもあったからと思われる。したがって、引用した主人公の感想も、そっくり南吉本人のものと見てよいだろう。

その後この主人公の言葉に応じた、丁度帰省中だったという兄の一言でこの作品はしめくくられる。

「うん、そうだ。何でもそうだよ。古いものはむくりむくりと新しいものに生れかわって、はじめて活動するのだ」

といった。兄さんはいつもむつかしいことをいうので、たいてい僕にはよくわからないのだが、この言葉は半分ぐらいはわかるような気がした。古いものは新しいものに生れかわって、はじめて役立つということに違いない。

この昭和一七年三月当時、日本は、永年欧米各国によって植民地として支配されていたアジア各国を武力によって解放し、わが国を盟主とする新秩序を築くという方針を旗印にして、各地での戦闘を展開中だった。実はこのわが国を盟主とする点に力点が置かれていたのだが、このしめくくりの兄弟の言葉はこの国家方針を抽象化したものに外《ほか》ならなかった。南吉もこの抽象的な理念それ自体には共鳴するところが多かったから、実感を込めてこうしめくくったものだろう。

と同時に、彼の頭にはこの主張に沿う形の新しい作品を書きたい意欲が急激に強まって来ていたらしい。その結果、必然的に生まれたのが「おじいさんのランプ」だ。それは、既に見て来た通り、巳之助祖父さんが東一君に言った最後の言葉として明記されていた。

更に、この巳之助の物語に留まらず、それに続いた「牛をつないだ椿の木」の執筆動機にも、

「ごんごろ鐘」の存在が関わっているようにも思われる。

というのは、この「ごんごろ鐘」の中では村人たちは現に出征中の村の若者たちのことをひとしきり話題にしていた点で、南吉自身、自分の同級生の中に何人も戦地へ行っている者がおり、森吉兵衛や遠藤新兵衛などの戦死者もいた。それらの人々のことも書くべきだろうが、その具体的な戦闘などの状況はまだ全く不明だから、今は、父からもいろいろ聞いている日露戦争の、特に戦死した人の村での足跡を作品化したらどうかという意欲が、「うた時計」の四、五カ月後、急激に盛り上がって来たと考えても不自然ではないだろう。

実は、この海蔵さんの物語の前に、「うた時計」を書き上げた直後に南吉の心をぐっと捉えた愛知県出身の近世史上の人物がいた。それは彼が勤めている安城で親しくその流れに接している明治用水の掘削に、私財を抛って挑戦した都築弥厚で、南吉はその伝記を書くべく昭和一六年一二月三日から数回に亘ってその創作メモを書く程熱中していた。しかし、既に見て来たように一二月二二日には病状悪化から死を観念し、「もう〝都築弥厚〟の仕事もすてることにした」と翌日の日記に書く。だが、それでも完全には諦め切れず、正月休みのための二四日帰省の車中で、弥厚に関する参考文献、徳富蘇峰著『近世日本国民史』を読み、翌年一月一一日中野医院へ行ったことを書いた日記に、続けて

文学の仕事ももうやめようと思った（というよりもうする気力がわくまいと思った）

しかし午後寝ていてロスキンの〝チェホフの一生〟を読み出したら又書きたくなった。

都築弥厚を本にして死のうと思った。

と書いた後、「宮沢賢治も中山ちえも」云々という文を書いている。彼の日記は一月一五日以降三月中は飛んでいるため、やはりこの辺で棚上げすることにしたらしいが、この件はもう少し後まで尾を引くことになる。

それはさておき、目の前に素材がある「ごんごろ鐘」を三月下旬には書き上げ、続いて四月二日に「おじいさんのランプ」を書き終えた南吉は、四月三日の日記にポツンと一行、「牛をつないだ椿の木」とだけ書く。つまり、この時点で都築弥厚の小型の近代版として海蔵さんの物語を書こうと考えたと見ることもできるのではないだろうか。

その後、少し傾向が異なる二つの作品が登場する。まず「百姓の足・坊さんの足」、これも確かな執筆時期は特定できないのだが、第一童話集に収められていないところを見ると、やはりそれ以後の作と見てよいだろう。物語としては、「貧しい百姓の菊次さん」がお初穂の途中で喜捨されたお米を踏みにじったせいで、足が痛くて歩けなくなったのに対し、同じ行為をした雲華寺の和尚さんの足は、死ぬまで異常なしだったという前半部に対し、同じ日に死んだ二人には絶妙なコントラストを示す死後の世界が待っているという、説話風な色彩が強い作品である。

明白なモデルの人物は当然どちらも存在はしないが、南吉の日記の中にこの作品のヒントになったと思われる記述が二、三見受けられる。まず一六年一月一四日の日記に次のように書いている。

凍みるように寒い日暮、街路の上に男は米をこぼしてしまった。彼は上半田あたりのひっこんだ貧しい新世帯の主人だ。軍需工場に通っているといった風の。在所が阿久比あたりにあって米を貰って来た途中らしい。出来るだけ掻きあつめたが、砂のまじった所は残念だがあきらめた。そして袋を再び自転車にのせて行ってしまった。こぼれた米は白い道の上に黄色くひろがっていた。近くよると掻きあつめた手のあとが見られた。

成岩への通院の途中ででも見たのだろうか、このちょっとした出来事がヒントになったらしく、一行あけて、こう続けている。

米をこぼした年寄りの百姓が、くやしさにふみにじってゆく。すると足がうずく。ばちがあたったのだと思う。

これを読むと、もうこの時点で一気に書けそうなように思われるが、体調のこともあってなかなかストーリーがまとまらなかったらしい。一年近く経ったこの年の一一月八日、ポツンとこう書く。

有徳の高僧が放屁するのをきいた愚かな女の話を書くこと。彼女はもう高僧をあがめることが出来ない。自分と同じ屁をひる人間であると思ってしまう。自らの尺度を持って他をはかる愚かさへの諷刺。

この文では明らかに「愚かな女」の方に力点が行っているが、少なくとも坊さんという存在に関心を持つようになりつつあったとは言えるだろう。その約半年後の一七年四月二二日の日記の一文。

——ほんとうにものの わかった人間は、俺は正しいのだぞというような顔をしてはいないものである。自分は申しわけのない、不正な存在であることを深く意識していて、そのためいくぶん悲しげな色がきっと顔にあらわれているものである。

この文章をこの作品と結び付けて読むと、ここに書かれていることは菊次さん和尚さんの双方に当てはまることがよく分かる。恐らくこの後、南吉の頭の中に物語の全体像が急速にふくらんで来たにちがいない。

そこで改めて注目させられるのは、このお寺で報恩講という仏事が営まれることで示されるように、雲華寺が浄土真宗の寺院だという点である。仏教にもいろいろな宗派がある中、最多の信徒数を誇る浄土真宗は、江戸時代二五〇年間繁栄を続けた結果、かつての親鸞や蓮如などの教えがすっかり形骸化し、明治になって世の中全体が大きく変わったにも拘《かかわ》らず、僧たちは念仏屋、葬式屋に落ちて寺代々の地盤と檀家数の維持に専念し、寺院自体の建物や僧の衣裳の豪華さを競い合って平然としていた。

このような状況を深く憂え、何とかしてこれを打破しようと考えたのが、衣浦湾《きぬうら》を隔てた半田の向かいに位置する碧海郡《へきかい》（現・碧南市）の西方寺を継いだ、旧尾張藩士出身の清沢満之《きよざわまんし》だった。

彼は明治二九年東本願寺宗制改革運動を果敢に展開し、たちまち多くの支持者を得て活動を推し進め、真宗大学学長として雑誌『精神界』を発行して所謂精神主義を提唱し、守旧派からの執拗な迫害に屈せず仏教界の近代化に尽した。残念ながら彼自身は明治三六年六月四一歳で他界するが、その運動は石川県出身の僧・暁烏敏《あけがらすはや》が恩師の遺志を継いで精力的に続けて行った。

南吉がこの運動を知っていたかどうかは全く不明だが、この作品で彼が描き出そうとしていたものは、明らかに清沢満之の目指したところと合致していた。その意味でこれまたこの岩滑で生まれるべくして生まれた作品であり、時代の貴重な証言の一つに他ならなかった。なお、ひょっとしたら菊次さんを乗せた人力車を曳いていたのは、海蔵さんだったかも知れない。

この「百姓の足・坊さんの足」と前後して書かれたらしい「花の木村と盗人たち」は、ある初夏の昼ひょっこりこの村へ入り込んだお頭以下新米四人の盗人たちの動きを描いた、ユーモアたっぷりの心温まる地蔵譚である。前作「うた時計」と通じるところも多く、これを執筆したと思われる昭和一七年五月頃の心身の平安がもたらした、わが村もかくあれかしと南吉が心の底から願って描き上げたユートピアでもあった。

したがって、続けて登場する「和太郎さんと牛」の世界とも十分通じるところがあった。実はこの和太郎さんの話を裏付けするような狐に化かされた一人の老人のことを、光蓮寺の本田忠孝師が『米寿翁のやなべ』で回想されている。

数年前、西浦地区の檀家の老人が、私のために造りあげた松の盆栽を届けると言って、油あげの昼食を持ってリヤカーを曳いて寺へ出かけたそうです。ところが、夜になっても帰宅しないので、家族の人が心配して寺へ電話をしたり、隣近所の人の応援であちこち探したが見つかりませんでした。

（その）老人は真夜中によろめきながら、車も持たずに帰宅したということです。どこだか分からないが、門がまえのある家に盆栽を届けたと、老人は家族の人に話したといいます。寺へ持参すべき松の盆栽は遂に届かずでした。今日寺の玄関前に二本の槙の木が植えられているのが、その代償として頂いたものであります。毎年青々とした新芽を出して、玄関前をにぎやかしています。老人は間もなくこの世を去っています。先日、その親族の方が寺詣りをした節に、油あげの弁当を持たせずに行かせればよかったと、涙ながらに嫁さんが話していました。

という、和太郎さんのあの晩の出来事をなぞったような実話だが、この老人がリヤカーもなくしてしまったのに対し、和太郎さんは牛がしっかり付いていてくれたから、帰りには大変なお土産まで頂戴して戻って来ることができたのだった。

　そして、和太郎さんが光蓮寺の鐘を運んだのはあれから二十五年程過ぎていたから、彼はもう七〇歳をとっくに過ぎており、牛は二代目だったろう。これも見事な南吉ランドだった。

　これらと同じ頃に書かれた「鳥右衛門諸国をめぐる」の主人公は、珍しいことに荒くれ者の侍だった。犬追物が好きな彼は、供の者平助の目付きが気に入らず、犬の代わりに平助の目を弓矢で射て放逐する。数年後渡し舟の船頭をしている平助と再会し、「人のためになることをしなければ」と言われて残った片目を矢でつぶすが、平助のその一言が頭から離れず、家も身分も捨てて放浪の旅に出る。その後山奥の村で堂守になり、村人に求められるまま鐘作りの金を集める旅に出、八年後帰村の途中で、水害に苦しむ村の支援を頼まれ、迷いながらも山の村へ戻って鐘ができて満足していると、乞食姿の平助が現われて話を聞き、にやりと笑って去って行く。その日から彼は正気を失い、間もなく村を逃げ出して行く。

　鳥右さんはこうして、また諸国をめぐることになったのです。見えもしない鐘の姿に追っかけられて、きこえもしない鐘の音につきま《ママ》つわれて、春のつむじ風のようにあっちへ走り、こっちへ走りしていきました。

という何ともやり切れない結末だった。

そもそもこの作品は何を言おうとしたのだろうか。すぐ思い付くのは、源平や戦国時代の殺伐とした頃にいた武者たちの非人間性であり、その血が今も我々の中に流れていないかという警鐘であり、自意識過剰な人間の悲しい宿命ということだろう。

そこで対称的な結末として思い浮かぶ一編は、「最後の胡弓弾き」である。あの最後も悲しみに満ちたものだったが、考えてみると、木之助には帰るべき家があり、そこで妻や娘が思いやりを込めて温かく受け入れ、慰めてくれたにちがいない。そして、その温かいわが家で日々を過ごすうちにあのご主人と過ごしたあの年この年の旧正月を思い出し、あの日受けた心の傷も次第に癒されていく。そのうち、いつの日か誰かから胡弓を譲られたりして、再び奏でることもあったかも知れない。

それは「うた時計」の周作やその父にとっても当てはまるだろう。あの日の記憶はその後ずっと二人の心の支えとなり、とりわけ薬屋の主人は、あの時計を見たり鳴らしてみたりする度に、あの日のことを思い出し、周作しっかり立ち直れよというエールを、心秘かに送っていたことだろう。ひょっとすると、南吉はこの作品を通して逆説的にこんなことを読者に伝えたかったのかも知れない。

それ以上に、南吉はこの鳥右衛門のような人間像を描いた反動として、ずっと諦めていた昔の人、都築弥厚の伝記をやっぱり書いてみようという気分が、急に強まって来たらしい。この年の八月九日付の巽聖歌宛の手紙の中で、こんな風に報告している。

小生、学習社から出るはずの伝記ものの着手をもくろんで、生意気に信州へ来ましたものの、どこにも温泉宿があいていません。昨日いちんち、渋、湯田中、上林とさがしましたがみな満員です。そこで長野の裏通のみじめな宿にくすぶっています。明日もういっぺん、山田、万座の方へ行って見て、なければ家に帰るつもりです。

この手紙の差出人住所は長野市北石堂町金城館となっており、学習社から改めて「都築弥厚伝」の執筆依頼が届いたための、満を持しての執筆旅行を試みたらしい。

この約十日後の巽宛葉書では、あっさりと「三日前に山から帰りました」とあるだけだが、更にその十日後、東京在住のかつての教え子である佐薙姉妹への月末付の手紙で、こう書いている。

六日に家をたって群馬県の万座温泉にいて二十日頃帰って来ました。それから東京に出るつもりでしたが家に帰ると気がゆるんだのか疲れが出て、もう出かける元気がなくなってしまいました。そんなわけで今度も上京は駄目でした。

やはりこの旅行はかなり体に負担だったらしく、ペンもはかばかしく滑らなかったようで、この伝記の執筆はここで断念せざるを得なかったらしい。

こうして一七年秋以降は体力も次第に衰え、翌年一月に入ると午前は静養に努め、午後は読書または執筆して過ごすという毎日になる。そんな中で一月八日には「狐」約二〇枚を書き上げる。

岩滑新田から岩滑の春の夜祭にやって来た七人の子がいて、その中の文六ちゃんが新しい下駄を買うと、見知らぬおばさんに夜下駄をおろすと狐がつくと言われる。祭見物の間はそれを忘れていたが、その帰り道、月夜の道を歩きながら文六ちゃんがコンと咳をすると、他の子らは文六ちゃんが狐になったと思い込み、文六ちゃん本人も自分が狐にとりつかれたと思う。

その夜、母親に添寝をしてもらいながら、自分が狐になったらどうするかと文六ちゃんが訊くと、母は自分たちも狐になって一緒に鴉根山の洞穴で暮そうと答え、犬がやって来たら自分が食われてやると言う母親に文六ちゃんはしがみ付き、母子で泣く。

この文六ちゃんは明らかに幼時の南吉本人と見てよく、母親は彼が四歳の時に亡くなった実母だと考えられ、その母親りえ（旧姓新美）は成岩の鴉根山の南、小鈴谷（現・常滑市）の伊藤病院で亡くなったと言われている。それらを思い合わせると、自らの死期がもう遠くないことを察知した南吉が、亡き母への思慕の情を込めてこれを書いたと見ることができる。

そして、これを書いた二カ月半後、彼は喉頭結核によってその亡母の元へ旅立って行く。

その結核に特効がある抗生物質ストレプトマイシンがアメリカのワックスマンによって発見されるのは彼の死の翌年であり、同じく抗生物質ペニシリンが国内で市販されるのは昭和二一年四月からであり、国産のストレプトマイシンが発売されるのは二五年七月で、以後結核患者は年を経るごとに減少していく。

ちなみに南吉が死去した昭和一八年は、全国における結核による死亡者は、一七万一四七四名に達しており、これがわが国での史上最多の死亡者数であった。

この点でも彼は身を以《もっ》て時代の証人になったのだった。

参考文献

『校定新美南吉全集』全12巻別巻2　大日本図書　一九八一
千葉俊二編『新美南吉童話集』岩波文庫　一九九六
田中重策『尾張国知多郡誌』同盟書林　一九〇三
精密工業新聞社『時計事典』一九六五
武笠幸雄『明治大正古時計図説』光芸出版　一九八四
同右　『時計とらんぷの小宇宙へ』北辰堂　二〇〇一
緑川洋一『古時計百種百話』矢来書院　一九七三
石川啄木『一握の砂』東雲堂書店　一九一〇
竹久夢二『歌時計』春陽堂　一九一九
平塚征緒『図説日露戦争』河出書房新社　二〇〇四
『歩兵第六聯隊史』帝国在郷軍人会　一九三〇
服部鉦太郎『写真図説　明治の名古屋』泰文堂　一九六八
斎藤俊彦『人力車』産業技術センター　一九七九
『半田町史』一九二六
三谷一馬『明治物売図聚』三樹書房　一九七七
『新修半田市誌　中巻』一九八九
『自転車の一世紀』自転車産業振興会　一九七三

大石源三『ごんぎつねのふるさと』エフエー出版　一九八七
角田武・入山喜良『駄菓子大全』新潮社　一九九八
山本候充『百菓辞典』東京堂出版　一九九七
同右　『日本銘菓事典』同右　二〇〇四
『知多忠魂録』知多郡教育会　一九〇八
栗田奏二『うし小百科』博品社　一九九六
津田恒之『牛と日本人』東北大学出版会　二〇〇一
竹居明男『「北野天神縁起」を読む』吉川弘文館　二〇〇八
伊宮伶『花ことばと神話・伝説』新典社　二〇〇六
『川上澄生全集　第四巻、第七巻、第十二巻』中央公論社　一九七九
安川巌『にっぽん・らんぷ考』葦書房　一九七八
照明文化研究会編『あかりのフォークロア』柴田書店　一九七六
横山義治・なつ『大正の子供（愛知県稲沢市）』ゆい書房　一九九〇
本多忠孝『米寿翁のやなべ　今昔あれこれ』私家版　一九九三
岡田弘『尾張万歳たずねたずねて』前編　名古屋市教育委員会　一九七〇、後編　一九七二
松田ひろむ編『ザ・俳句十万人歳時記（新年）』第三書館　二〇一二
『近世出かせぎの郷—尾張知多万歳』知多町教育委員会　一九六七
『やなべの歩み』岩滑コミュニティ推進協議会　一九八五

［著者略歴］
かつお きんや
1927年、石川県生まれ。少年時代を旅順・大連で過ごす。金沢大学教育学部卒。金沢市内中学校教諭を経て、愛知県立大学教授、梅花女子大学教授。愛知県立大学名誉教授。
日本児童文学者協会賞、日本児童文学学会賞、中日文化賞など受賞。
『かつおきんや作品集』全18巻（偕成社）、『人間・新美南吉』（大日本図書）、『風を見た人—かつおきんやと読む新美南吉』（民衆社）

時代の証人 新美南吉

2013年10月11日　第1刷発行　　（定価はカバーに表示してあります）

著　者　　かつお きんや

発行者　　山口　章

発行所　名古屋市中区上前津2-9-14　久野ビル
振替 00880-5-5616 電話 052-331-0008
http://www.fubaisha.com/
風媒社

乱丁・落丁本はお取り替えいたします。　＊印刷・製本／モリモト印刷

ISBN978-4-8331- 2082-1

斎藤卓志

素顔の新美南吉

◉避けられない死を前に

「ごん狐」「でんでんむしのかなしみ」で知られる童話作家・新美南吉。残された膨大な日記・手紙を丹念に読み解き、〈人としての原点を求めつづけた〉南吉の知られざる生きざまを描く。

二二〇〇円＋税

小松史生子 編

東海の異才・奇人列伝

徳川宗春、唐人お吉、熊沢天皇、川上貞奴、熊谷守一、松浦武四郎、江戸川乱歩、小津安二郎、新美南吉…なまじっかな小説よりも奇抜で面白い異色人物伝。あらゆる人間の生の営みの縮図がここにある！

一五〇〇円＋税

三田村博史

漂い果てつ

◉小栗重吉漂流譚

文化十一年、遠州灘で難破。世界最長四八四日の漂流の果てに、船頭・重吉たちを待ちうけていた運命とは…。異国船に助けられ日本人として初めてアメリカの地を踏んだ男たち数奇な運命を描く。

一七〇〇円＋税